Jean-François BLONDEL

LES LOGEURS DU BON DIEU

Collection
Métiers et spiritualité au Moyen Âge

Les Éditions de l'Ancre

ISBN 2-908986-12-4

On voudrait encore, si c'était possible, choisir des noms parmi la multitude d'architectes, de sculpteurs, de peintres, d'enlumineurs, d'orfèvres qui réalisèrent tant de travaux mémorables, mais aucune investigation ne pourra percer le mystère dont s'est entourée leur humilité. On les devine la règle, le ciseau, ou le burin à la main, s'inspirant du conseil des maîtres ou relisant les pages écrites à leur intention par le moine Théophile.

Dom Leclercq. *L'Ordre Bénédictin.*
Presses Universitaires de France. Paris. 1930.

Le Christ n'entrera pas dans une maison dont les murs s'écartent et dont les pignons penchent.

Saint Bernard.
Deuxième sermon pour la dédicace de l'Église.

INTRODUCTION

LES CHEMINS DU MÉTIER
Présentation de la collection

Le but de cette collection est de présenter le métier dans sa composante, ou plutôt, son prolongement spirituel, faisant de l'ouvrier, l'artisan d'une oeuvre, prolongeant celle du «Grand Artifex», du Grand Artisan de l'Univers.

Elle se veut être un cheminement initiatique à travers le métier, considéré comme réalisation spirituelle et accomplissement humain. Cette voie est celle des confréries ouvrières, tels les Compagnonnages que le Moyen Âge nous a légué, mais aussi celle des Bâtisseurs de Cathédrales, les «*Oeuvriers de Notre-Dame* », les « *Logeurs du bon Dieu* », comme on les appelle parfois.

C'est d'ailleurs le titre que nous avons donné à cet ouvrage. En effet, c'est par eux que nous commencerons cette série sur la spiritualité des métiers au Moyen Âge.

Nous parlerons surtout des corporations de la pierre : maçons, tailleurs de pierres, ymagiers, platriers, poseurs de tuiles etc. Nous n'omettrons pas, néanmoins, de mentionner les autres corporations qui, elles aussi, oeuvrèrent dans la construction des édifices sacrés : charpentiers, verriers, orfèvres, serruriers, enlumineurs etc.

Tous ces ouvriers collaboraient à une oeuvre commune : la construction du temple de pierres, la Maison-Dieu, servant à rassembler dans la prière l'assemblée des fidèles, les «pierres vivantes» à qui s'adresse l'Apôtre Paul dans son épître.

Ces hommes ont entrepris la construction de l'édifice le plus fantastique de tous les temps : la cathédrale ; où chaque partie de l'édifice, chaque pierre prend une valeur symbolique et mystique. Mais, ils ont réussi également cette prouesse technique de les faire tenir debout, malgré les siècles passés, non parfois sans quelques échecs, ou calamités naturelles (incendies), ou destructions par l'homme (guerres, invasions). Telle le phoenix, la cathédrale renaissait de ses cendres, toujours plus belle, toujours plus haute...

Ces " artistes du Moyen Âge ", comme se plaisaient à les nommer, ceux qui comme Viollet-le-Duc, Didron, Lassus, Mérimée ou d'autres encore, les avaient "redécouverts" au siècle dernier, avaient réussi à donner vie à la pierre.

Je reprendrais ces quelques lignes qu'écrivait l'abbé J.J Bourassé[1], dans son « Dictionnaire d'Archéologie Chrétienne », au siècle dernier : « A l'époque où le style ogival prit de si glorieux développements, la foi avait de profondes racines au coeur de tous les hommes, et cette foi se produisit extérieurement par des effets dignes de sa grandeur et de sa céleste origine .

A l'enthousiasme des croisades succéda la sainte ardeur des constructions religieuses. Une puissante énergie restait encore au sein des populations catholiques de l'Occident et elle fut consacrée à élever à Dieu des demeures nobles, grandes, magnifiques telles que les hommes n'en avaient pas encore érigées à sa gloire » .

Quant à l'aspiration mystique des bâtisseurs, il précisera encore : « Tout dans la cathédrale gothique ne révèle-t-il pas la pensée de l'architecte chrétien? De tous cotés ne voit-on pas des emblèmes et des symboles? Ne lit-on pas dans le plan la forme de la croix, dans les chapelles qui rayonnent autour de l'abside, mystérieuses couronnes du Christ, ne doit-on pas attribuer à une allusion mystique le nombre presque constamment impair de ces chapelles, et dans tous les détails de l'église les intentions religieuses de l'artiste catholique? ».

Puis, « Dans l'élancement des colonnes, dans l'élévation des voutes, dans cette tendance générale à tout diriger vers le ciel ne voit-on pas l'exaltation de la foi, l'ardeur de l'espérance, une exhortation à diriger nos pensées, nos sentiments, nos actions ? cette immensité d'étendue, cette mystérieuse obscurité du sanctuaire, ne font-elle pas naître naturellement des sensations religieuses?»

Ainsi, ces « Ymagiers » champenois qui, après avoir bâti et merveilleusement sculpté le portail de l'église de Pont-Hubert, près de Troyes, écrivirent sur leur oeuvre ce verset psalmique, en guise de signature :

Non nobis, Domine, non nobis,
Sed nomini tuo da gloriam. [2]

Psaume 115

Cet exemple nous montre, s'il était nécessaire de le faire, que les tailleurs de pierres et Ymagiers du Moyen Âge, tout du moins ceux qui travaillaient pour l'Église, n'étaient pas uniquement des ouvriers, "très habiles" dans leur métier, mais aussi des artistes animés d'une haute spiritualité comme en témoignent ces "marques lapidaires", comme celle-ci ou comme d'autres, symboliques celles-là, que nous verrons par la suite.

Ce travail était une oeuvre collective, de tout un peuple animé par la même ardeur et la même foi. Tous grands ou petits, hommes ou femmes participaient à l'oeuvre commune. Ainsi, cette lettre écrite par Haimon, abbé de Saint-Pierre-sur-Dive, aux religieux de l'abbaye de Tuttebery, en Angleterre :

C'est un prodige inoui que de voir des hommes puissants, fiers de leur naissance et de leurs richesses, accoutumés à une vie molle et voluptueuse, s'attacher à un char avec des traits et voiturer les pierres, la chaux, le bois et tous les matériaux nécessaires à la construction de l'édifice sacré. Quelquefois mille personnes, hommes et femmes, sont attelés au même char (tant la charge est considérable), et cependant, il règne un grand silence, qu'on entend pas le moindre murmure. Quand on s'arrête dans les chemins, on parle, mais seulement de ses péchés, dont on fait confession avec des larmes et des prières, alors les prêtres engagent à étouffer les haines, à remettre les dettes...
S'il se trouve quelqu'un assez endurci pour ne pas vouloir pardonner à ses ennemis et refuser de se soumettre à ces pieuses exhortations, aussitot il est détaché du char et chassé de la sainte compagnie[3].

Les gravures sont indispensables pour ce genre d'ouvrage. Elles sont le complément nécessaire pour se plonger dans le passé. Nous dirons même que c'est grâce à l'image que le texte s'éclaire d'un jour nouveau. Le pouvoir magique de l'image parle à l'esprit plus que ne le ferait le texte.

C'est ainsi que le saint qui tient une équerre, qui n'est autre que saintThomas (église de Terminiers dans l'Eure-et-loir), nous relie aux confréries de métiers, liées aux corporations, dont elles sont la composante religieuse et d'assistance fraternelle. Les saints patrons des tailleurs de pierres seront évoqués dans ce chapitre.

Chemin faisant, nous aborderons les techniques du métier, c'est-à-dire « l'art du trait », enveloppé d'une auréole de mystère, qu'a su garder le compagnonnage depuis ses origines. Ph. Delorme, architecte et religieux, sera le premier à en parler, à la fin du Moyen Âge, dans son traité sur l'Architecture. (1576).

Nous évoquerons, à travers des exemples, ce qu'étaient les «épures», procédés graphiques de constructions géométriques, qui faisaient partie de méthodes de tracés, plus connus sous le nom de « Art du Trait », dont les méthodes de construction, gardées secrètes, se transmettaient de maître à disciple.

Un discours sur l'art du trait, que nous avons trouvé à la bibliothèque du Conservatoire National des Arts et Métiers à Paris, prononcé par un savant du siècle dernier, permettra de nous faire une idée sur ce l'on pensait de cet Art, à cette époque. Au passage, il ne manquera pas d'ailleurs, d'insister sur le rôle qu'ont pu jouer ces confréries ouvrières tout au long de notre histoire : «Diverses considérations portent à croire», dit-il, «que les associations ouvrières du Moyen Âge, ont été à l'origine des sociétés, qui ont joué un certain rôle dans notre histoire». C'est dire l'importance qu'on leur attachait encore au XIXe siècle!

Le combien célèbre « Album » de Villard de Honnecourt sera ensuite abordé. Villard de Honnecourt est à lui seul toute une légende ! Était-il un clerc ou un laïc? Était-il architecte? Quel était le but de cet « album », autant de questions posées qui malheureusement restent sans réponse. A travers cet album ce sont les connaisances mathématiques des maçons du Moyen Âge que nous essaierons de connaître.

Nous ne manquerons pas d'aborder l'iconographie : pierres tombales, vitraux des églises, marques et signes lapidaires, enluminures, montrant les maçons sur le chantier, les maîtres d'oeuvres ayant en main les outils de leur art. Si ces ouvriers du temps passé se sont plu à se représenter par l'image c'est, peut-être, pour se donner avec le ciseau et le maillet une marque d'immortalité! Nous nous arrêterons sur un certain nombre de légendes qu'un Moyen Âge fantastique nous a laissé ! Nous interroger sur ces légendes, ces mythes, c'est nous plonger dans nos racines, dans l'inconscient collectif de notre société occidentale chrétienne. C'est la légende du frère Hugues de l'Abbaye de Montiérender (xe siècle) qui était un «oblat», élevé dans la foi, s'en était détourné et, comme beaucoup d'artistes, avait mené une vie dispendieuse ; mais, ayant vu la Vierge se présenter à lui pour chasser les «démons» qui l'avaient envahi, à pu achever l'Oeuvre qu'on lui avait demander de faire : celle de la Croix de Notre Seigneur Jésus-Christ qui mourût pour racheter les péchés du monde.

C'est celle du moine Théophile qui avait signé un pacte avec le «démon» alors qu'il était officier seigneurial, avant d'être moine parce que dépossédé de ses biens. Mais, alors qu'en proie à des remords, il se prosterne devant une statue de la Vierge, celle-ci lui apparait, lui rend le pacte et sauve son âme ; touché par la grâce, il décide de se transformer en constructeur et bâtit lui-même son église. La légende nous rapporte qu'il avait acquis des connaissances dans l'art de bâtir, mais aussi dans l'art d'alchimie, la fabrication des sels et l'art des verriers...

C'est enfin, des légendes liées à des rites initiatiques que nous avons perdus, mais que les faits nous relatent, en oubliant le contenu spirituel qui les a créés.

Ainsi la légende d'Alexandre de Berneval, architecte de Saint Ouen de Rouen (xve siècle) qui « tua » son apprenti parce que celui-ci avait dessiné un projet de la rose méridionnale de l'église bien plus belle et plus appréciée que la sienne. Ce meurtre est purement symbolique et se place sur un autre plan qu'un vague « fait divers »; d'ailleurs l'apprenti en question n'était autre que son propre fils qui lui succéda comme maître d'oeuvre de Saint Ouen de Rouen et qui figure à côté de son père, sur la pierre tombale que nous pouvons voir encore aujourd'hui, dans cette église.

Ainsi, la légende de saint Chéron, dont une verrière de la cathédrale de Chartres, au bas de la chapelle saint Piat, nous retrace la vie ; il semble avoir été le protecteur des maçons chartrains et accomplit des miracles ; il fut tué par « trois hommes armés » au détour d'un chemin. Cette légende nous rattache aux légendes des métiers de la pierre où des scènes analogues se produisirent. Celle des « Quatre fils Aymon » et de Renaud de Montauban sur le chantier de la cathédrale de Cologne, de Maître Jacques dans la tradition compagnonnique. Sans oublier le «verre des maçons», appelé aussi le « verre des augustins », parce que retrouvé en 1945 dans une église des Augustins à Rouen. Ce verre, comme le relatent les textes, était enterré par les tailleurs de pierres à certaines époques, selon un rituel très précis, puis déterré à d'autres moments. Cérémonie à laquelle les clercs du chapitre étaient associés, mais dont les écrits sont muets, là encore, quant à la signification réelle.

C'est enfin, des textes précis cette fois et non plus des légendes, qui nous relatent la vie d'architecte, tel Roussel, architecte rouennais du XIIIe siècle, qui, dans un acte rédigé devant les clercs, décida d'abandonner tous ses biens présents et à venir, ainsi que ses connaissances dans l'art de bâtir au profit des religieux de Saint Ouen ; ceux-ci étaient autorisés à porter l'habit des moines, sans avoir à prononcer des voeux, et s'appelaient des «rendus».

Ce sont des pierres tombales, telle celle de l'architecte Hugues Liebergier, architecte de l'église Saint Nicaise de Reims(XIIIe siècle), représenté les pieds dans les nuages et la tête au milieu des anges qui l'encensent ; tenant d'une main la « règle de 24 pouces » ou règle géométrale et de l'autre, la maquette de l'église idéale, entouré de ses outils, l'équerre à branches inégales et le célèbre « compas de Liebergier » ; qui montrent qu'il n'était pas considéré, par les religieux, comme un homme « ordinaire », mais mis au même rang que les seigneurs de son temps.

C'est enfin, les labyrinthes d'églises, dont nous ne saurons probablement jamais la raison d'être de leur existence sur le dallage de certains sanctuaires. Mais, nous y voyons parfois des Maîtres d'oeuvre qui se sont fait figurer, dedans, avec leurs outils, peut-être en référence à Dédale, l'architecte du labyrinthe de Knossos, dont Ph. Delorme dira qu'il était l'inventeur des «loges et des maisons faites de charpenterie». Ensuite, nous passerons en revue les métiers du Moyen Âge figurant sur les verrières de la cathédrale de Chartres, signature associée à la vie du saint patron, protecteur de la corporation. Tous les métiers ont voulu faire donation d'une verrière à la basilique qui était en train d'être construite.

Mais surtout nous aborderons, mais était-ce nécessaire de l'évoquer après ce qui vient d'être dit, la spiritualité du métier. L'héritage de l'enseignement des clercs, les sept Arts Libéraux qu'ils enseignèrent aux maçons, l'influence de la scolastique sur l'architecture, sont autant de sujets que nous aborderons dans cette partie.

Ainsi les sceaux et marques des maîtres d'oeuvres de Strasbourg, qui représentent « l'équerre sur la croix », bel exemple illustrant le lien entre la Foi et l'Art, la Religion et le Métier. Puis viennent, les marques lapidaires, véritables blasons des gens du métier, qui fait l'objet de recherches depuis le siècle dernier.

Le « Coin Sud-Est » des églises est souvent un lieu privilégié, les bâtisseurs y ont laissé une trace de leur passage par une marque lapidaire, une tête représentant un ouvrier ; cet angle est lié à une tradition héliaque et aux points solsticiaux.

Enfin, nous terminerons cette partie par les préoccupations spirituelles d'un architecte de la fin du Moyen Âge : Philibert Delorme, inaugurant un esprit nouveau qui sera celui de la Renaissance.

Ces quelques pages n'ont pas d'autre but que de présenter au lecteur l'héritage spirituel de ces hommes de la pierre que l'on a désigné de diverses façons : maçons, tailleurs de pierres, ymagiers, qui, pour certains, sont sortis des monastères ; ils n'étaient ni tout à fait des moines, ni tout à fait des laïcs, tout du moins au début de la période qui nous intéresse ; mais dont les liens avec les clercs étaient certains et qui ont marqué de leur empreinte une page de notre histoire.

NOTES

1. J.J. BOURASSÉ. «Archéologie chrétienne ou précis de l'histoire des monuments religieux du Moyen Âge», Mame et Fils, 7e éd. Tours 1867 ; l'abbé Bourassé était chanoine de l'église de Tours et correspondant du Comité de l'histoire, de la langue et des arts de la France. Il a publié également chez le même éditeur, un ouvrage sur les «Cathédrales de France».

2. Psaume 115, 1. « Non pas à nous, Seigneur, non pas à nous, mais à Ton Nom donne gloire ».

3. Cité par l'abbé Bourassé dans son volume d'archéologie chrétienne ; cette lettre fut insérée dans les « Annales bénédictines » et publiée dans les «Mémoires des antiquaires du Normandie au XIXe siècle ».

CHAPITRE PREMIER

L'héritage de la spiritualité et de l'enseignement des monastères depuis le Moyen Âge sur les corporations de métier.

L'héritage de la spiritualité et de l'enseignement des monastères depuis le Moyen Âge sur les corporations de métier.

Au XIIE *siècle, nous voyons les bâtisseurs surgir des cloîtres. Là, s'étaient réfugiés les Arts Libéraux, les Sciences et les lettres.*

M. Deville. Société des Antiquaire de l'Ouest, 1820.

Les architectes du Moyen Âge sont-ils sortis des monastères, comme on le prétend parfois ? Qu'elle est l'influence d'ordres monastiques, tels les Bénédictins et les Cisterciens qui ont été de grands bâtisseurs, sur les corporations de métiers?

Autant de questions auxquelles il est difficile de répondre d'une manière précise. Nous avons bien, ici et là, des exemples qui nous permettent de tenter de répondre par l'affirmative, mais ce ne sont que des exemples isolés et qui concernent uniquement l'Ordre de saint Benoît qui, par sa règle, attachait de l'importance au travail manuel, parallèlement à la prière.

M. Deville[1] écrivait en substance : « Au XIIe siècle nous voyons les bâtisseurs surgir des cloîtres. Là, s'étaient refugiés les Arts Libéraux[2], les sciences et les lettres. Ce ne fut que plus tard que les arts en sortirent pour s'épancher au dehors et emprunter à la vie civile de nouveaux éléments ».

L'abbé J.J. Bourassé (déjà cité) abondera en ce sens et, dans son traité d'archéologie chrétienne, il écrira en substance : «la science n'était pas sortie de son asile et se trouvait toujours alliée fidèle de la religion dans les cloîtres et les monastères ».

Ces affirmations émanent d'éminents historiens et archéologues du siècle dernier ; nous en citerons encore une : F.d'Ayzac écrivait en 1850 : « ces architectes étaient des moines, des abbés, des prélats unis par la profession des mêmes croyances et qui en maintenaient le dépôt dans ces textes écrits en pierres, avec un zèle aussi ardent qu'ils conservaient dans leurs livres »[3].

Un Bénédictin, Dom.H Leclercq[4] était, quant à lui, beaucoup plus prudent : « Sous l'inspiration et avec la coopération des moines », dit-il, « on voit s'élever les grandes églises des XIe et XIIIe siècles ». On a soutenu, à tort, que ces constructions mémorables eurent des abbés pour architectes et des moines pour maçons et sculpteurs ; la part des laïcs reste grande et probablement prépondérante, mais l'impulsion vient des monastères et c'est à eux que remonte l'honneur du grand essor monumental qui a couvert le sol de France de ses édifices les plus magnifiques tels : St. Benoit sur Loire, St. Germain des Prés, St. Etienne de Caen, Ste. Madeleine de Vézelay.

Qu'en est-il aujourd'hui? M.M. Davy, dans son ouvrage sur la « Symbolique Romane »[5], remarque qu'« autour des différentes abbayes se groupent des ateliers de maçons et de tailleurs de pierres ». Les moines bénédictins exercent à cet égard une influence incomparable : « plus encore », poursuit-elle, « ils tiennent une place décisive dans l'histoire : ils transmettent la tradition ».
Ainsi, Science, Art et Tradition se sont trouvés intimement liés dans l'enseignement qui se trouvait dispensé dans les cloîtres et les couvents.

La Règle de St. Benoît accorde de l'importance au travail manuel, parallèlement à la prière qui demeure néanmoins la principale activité du moine. L'originalité et la grandeur de la Règle sont résumés dans la devise : «Ora et Labora» -Prière et travail-. Elle intègre le travail dans «l'Opus Dei» -l'Oeuvre de Dieu-. Pour certains auteurs c'est le point de départ d'une lente transformation sociale qui donnera naissance à la civilisation médiévale. Le travail mannuel est un devoir absolu pour tous, sauf pour l'abbé, absorbé par d'autres soins. Dom H. Leclerc[6] écrit en substance : « Imposé par Dieu à l'homme pécheur, ennobli par l'exemple de Jésus-Christ, pratiqué, loué, recommandé par les Apôtres, le travail fût, dès lors, considéré par les moines comme le moyen le plus efficace de prévention contre les périls de l'oisiveté et des vices de la chair. On y voyait aussi le procédé le plus honorable et le plus sûr de s'assurer les nécessités de l'existence et de répandre quelques bienfaits parmi les indigents ».

C'est ainsi qu'à partir du IXe siècle, on verra les communautés monastiques scindées en deux groupes : les frères laïcs affectés aux besognes matérielles, les clercs consacrés aux charges sacerdotales. En 781, Charlemagne ayant rencontré le moine Alcuin (730-804), le prit en haute estime, le rapprocha de sa personne et lui confia la mission de restaurer la culture et les lettres dans l'Empire Franc[7].

C'est lui qui introduisit la classification des « Sept Arts Libéraux ». Leur enseignement est, au Moyen Âge, à la base de toutes les études.Elles se répartissent en deux groupes : le *« trivium »* qui comprend : la grammaire, la rhétorique et la dialectique ; le *« quadrivium »* qui comprend : l'arithmétique, la géométrie, l'astronomie et la musique, auxquelles vint s'ajouter plus tard : la médecine[8].

Durant cette période du haut Moyen Âge, alors que les invasions venaient de toutes parts, l'oeuvre civilisatrice des moines fut considérable. « La retraite et la prière sont les leviers surnaturels de cette action qu'il chérit pour les moyens qu'elle lui procure de travailler à l'établissement du règne de Dieu et à la conquête des âmes ».

Le travail aux champs et dans les ateliers font partie de la vie des moines. «Ce sont eux qui font revivre le commerce grâce à la restauration des anciennes voies romaines, tracent des routes, jettent des ponts, frappent la monnaie, fondent les foires et installent les marchés. C'est grâce à cette oeuvre salvatrice que la civilisation se maintient. Ceux qui ont de l'instruction sont désignés pour l'étude ; ce sont eux qui traduisent, copient les vieux manuscrits. Peintres, orfèvres, sculpteurs copistes et enlumineurs font vivre les arts au milieu des guerres et des invasions sans cesse menaçantes...».

Le monastère est à lui seul une ville en miniature, c'est, du moins, l'impression que l'on en a en regardant le plan de l'abbaye de St-Gall au IXe siècle. Si on se place au point de vue économique, les grands monastères du haut Moyen Âge prennent à nos yeux une importance singulière. «A défaut de villes commerçantes on les voit tenir la place et remplir les fonctions d'entrepôts et de marchés ; il se pourrait que les sociétés marchandes des abbayes à l'époque mérovingienne aient été la forme embryonnaire des guildes»[9].

Cette dernière assertion est intéressante à plus d'un titre, car elle pose le problème de l'origine des guildes du Moyen Âge qui donnèrent plus tard naissance aux corporations du XIIIe siècle. Ces guildes pourraient bien avoir eu comme origine des organisations monastiques et ce n'est que plus tard qu'il y aura laïcisation de celles-ci !

Il faut savoir aussi que les grands édifices religieux de l'époque romane ne sont pas des cathédrales, mais des abbayes bénédictines[10].
Si les moines et les monastères furent les initiateurs d'immenses réalisations architecturales, comme ce fut le cas de Cluny, s'ils encouragèrent les architectes et les artistes, s'ils dessinèrent parfois les plans, comme ce fut le cas du moine Gauzon[11] pour la basilique de Cluny (dont la construction fut achevée par le moine Hézelon), ou le « frère Diégo », capucin, auteur du plan de la chapelle de Saint Isidore, dans l'église de Saint André de Madrid[12] ou encore « le Turitta » mosaïste en chef de Saint-Jean-de-Latran (XIIIe siècle) qui était Franciscain[13], furent-ils toujours les maçons et les tailleurs de pierres qui, le marteau et la truelle à la main, achevèrent la construction? Cette question mérite encore une fois une réponse nuancée.

Il y avait, en fait, plusieurs catégories de « moines » ! Il y avait tout d'abord une catégorie particulière entre l'état de moine et les laïcs. Ce sont les « oblats » ou « donnés » qui « sont admis au bénéfice de la vie monastique à laquelle ils se rattachent par une affiliation sans décision de voeux »[14]. L'oblation était souvent le fait d'inspiration pieuse et permettait à celui qui en bénéficiat d'être pris en charge par la communauté monastique.

En annexe, deux exemples : l'un permettant de se faire une idée de ce qu'était l'oblation ; l'autre ce qu'était l'état de « donné » ou de « rendu », termes que l'on trouve dans le texte que nous citons, en provenance des Archives de la Seine Maritime.

Dans notre premier exemple figurant dans le chapitre sur les «mythes et légendes de chantiers», l'oblat est un jeune homme du nom de «Hugues», de l'abbaye de Montiérender dans la Haute-Marne qui fut élevé depuis son enfance par les moines. Il était donc « pris en charge » par le monastère. Les moines lui enseignant les sciences et les arts. Il se révéla être un artiste remarquable. L'histoire relatée date de l'an 1000, époque de l'expension de l'Ordre bénédictin, et fait partie de ces merveilleuses légendes que le Moyen Âge nous a laissé, comme celle du moine Théophile qui bâtit sa propre église (voir vitrail de Laon datant du XIIIe siècle).
Le second texte relate la vie d'un architecte de Rouen, nommé Roussel, vivant durant la deuxième moitié du XIIIe siècle.

Comme on peut le voir, il fit don à l'abbaye de Saint-Ouen, de ses biens propres ainsi que de son « talent », pour se consacrer à l'église. Il fut, lui aussi, pris en charge par les religieux qui lui permirent d'avoir une vie très honorable, à condition qu'il se consacre entièrement à l'église, ce qui se fit par un contrat qui est conservé aux archives de la Seine Maritime.

Cette catégorie de laïcs vivant dans les monastères se rencontre aussi sous le vocable de frères « convers » ; ils apparaissent au XIe siècle. « Désormais il y aura deux catégories de religieux : les moines qui pourront se consacrer plus particulièrement à la vie spirituelle et intellectuelle et les frères convers à qui seront confiés des taches matérielles. Ces derniers devront faire voeux de pauvreté, de chasteté et d'obéissance, mais ne pourront jamais devenir prêtres »[15].

Les règlements relatifs aux frères «convers» furent établis par Citeaux en 1119. Ceux-ci eurent une part active dans les travaux entrepris dans les monastères cisterciens.

A titre d'exemple nous insérons la liste des corps de métiers figurant à l'abbaye de Clairvaux au XVIe siècle : « Des mestiers qui sont à Clairvaulx - Plombiers qui continuellement besoignent, tant pour l'église, dormitoire, chapelle de Flandres, qui sont couverts de plomb que pour les fontaines - Item : Y a des cousturiers, convers et séculiers - Tanneurs, convers et séculiers - Selliers - Bouchiers - Quoquetz, qui va quérir des oeufs - Faiseurs de boteilles - Jardinier - Couvreurs - Couroyeurs de cuyr - Magniers - Boullengiers - Paticiers - Tonneliers - Menuisiers - Massons; le maistre masson est convers, maistre des oeuvres - Taverniers - Charpentiers, convers et séculiers - Mareschaulx, sérruriers, convers et séculiers - Cordiers, Vignerons - Vachiers, et y a bien mil bests à cornes - Bergiers, et y a bien XVIII ou XX m (?) bestes - Chartons - Manoeuvres, convers et séculiers - Lavandiers à faire la buée - Marchands de porcs »[16].

Cette liste impressionnante montre, en outre, que la part des «séculiers» n'était pas négligeable, dans les travaux effectués au monastère.

Nous avons, au terme de cette brève étude, quelques éléments de réponse à la question formulée au début de cet article. Nous avons vu que le terme de « moine » doit être pris avec beaucoup de prudence dès qu'il est question d'ouvriers travaillant dans un monastère. Il y a ceux qui se consacrent au sacerdoce et à la vie contemplative et il y a ceux qui travaillent de leurs mains, qui ne sont plus tout à fait des laïcs, mais qui ne sont pas des religieux. Il y a enfin tous ceux qui, tels les « oblats », furent, dès l'enfance élevés dans les monastères et furent parfois de grands artistes ; il y a enfin ceux comme les « rendus » ou « donnés » qui abondonnent leurs biens et leur talent pour se consacrer à l'Église.(document en annexe).

C'est peut-être de ces derniers que sortirent les grands artistes du Moyen Âge. Mais, laïcs ou pas, l'important est qu'ils furent dans la sphère d'influence des monastères où s'étaient réfugiés les arts et la culture de l'Occident médiéval. Les guildes de maçons de métier suivaient les deux grandes heures canoniales, en début et en fin de journée : elles réglaient, en quelque sorte la journée de travail ; c'est ce qui ressort du texte que nous avons reproduit et qui est l'Ordonnance du chantier de la cathédrale de Rouen (1445).

Un dernier élément d'étude est le rapprochement entre « maître-disciple », que l'on trouve dans la Règle et le rapport « maître-apprenti », tel qu'on le trouve dans les confréries de métier. Le maître est investi d'un pouvoir légitime qui requiert l'obéissence de ses compagnons ; de même que dans le monastère l'abbé exerce ce même pouvoir sur les moines.

Ainsi dans la Règle : « Écoute, ô mon fils les instructions du maitre(...) accepte les conseils d'un vrai père et suis-les effectivement ».

La prestation de serment du maître d'oeuvre J. Salvat en 1398 dans la salle capitulaire du chapitre de la cathédrale de Rouen, nous est rapportée en ces termes : « Tu feras travailler bien et fidèlement les ouvriers et tu feras toutes les autres choses que doit faire un bon et fidèle maçon en telle manière, mettant de côté faveur, crainte, amour et haine en tout ce qui concerne le dit office ». (voir plus loin ce que réclame Ph. Delorme comme qualités pour être un bon architecte)

L'entrée dans le métier se faisait par un contrat, mais bien plus par un engagement réciproque qui liait le maître avec l'apprenti qu'il recevait.
Nous avons ainsi quelques contrats « d'allouement d'apprentis ». L'apprenti devra «servir son maître du dit métier de maçonnerie au mieux qu'il saura et pourra faire » ; le maître, quant à lui, « lui montrera la science du dit métier » (Rouen,27 Mai 1409).

A Chartres, Jehan de Beauce en 1508 prendra à sa charge un jeune apprenti, lors de la construction du nouveau clocher. Les textes nous apprennent que l'apprenti « promet de le servir bien et loyalement » ; le maître à son tour « promet de l'instruire en son dit métier de maçon ».

Dans le « Manuscrit Régius », l'article IX rappelle, dans l'énoncé sur le maître « que le maître doit être plein de science et d'autorité »[17].

Ces enseignements sur le maître tiennent aussi du fait que la profession est une « initiation » et que, comme telle, elle suppose des dispositions qui qualifient. Ainsi dans le Compagnonnage, société traditionnelle dont les règles se perpétuent « oralement » depuis des siècles, le « premier compagnon » qui a la charge de la cayenne pendant un semestre installe son successeur et à cette occasion lui fait un discours. Nous en avons retrouvé un qui date de 1833. Il ressort de celui-ci que, comme dans les textes du XIIIe siècle, le premier compagnon, comme les maîtres d'oeuvre, devait avoir les qualités d'un chef : énergie pour faire observer le règlement, conduite exemplaire, habileté dans le métier entrainant la considération[18].

NOTES ET COMMENTAIRES

1. M.Deville, dans Société des Antiquaires de l'Ouest (1820), consacré à Ingelram, premier architecte présumé de la cathédrale N.D. de Rouen.

2. Les Arts libéraux se composent du «Trivium» et du «Quadrivium», les Old Charges ou Anciens Devoirs des Maçons anglais de métier, contenaient une dissertation sur les arts Libéraux.

3. F. d'Ayzac, dans Annales Archéologiques de V.Diron, 1850, t.IX.

4. Dom Henri Leclercq, « L'Ordre Bénédictin », Presses Universitaires de France. Paris 1930.

5. MM.Davy « Initiation à la symbolique romane », ed. Flammarion, 1977, p. 193.
6. Dom Leclercq, déjà cité, p.21.

7. Dom Leclercq, op. cit. p.31-32.

8. E.Gilson : « La Philosophie au Moyen-Âge », ed.Payot, 1925, p .10 et suiv.

9. Dom Leclercq, op. cit. p. 37.

10. Dom Leclercq, op. cit. p. 40.

11. Dom Leclercq, op.cit. p. 57.

12. Cité dans «Annales Archéologiques», V.Didron, t.V, P. 120. PARIS 1850.

13. Cité dans «Annales Archéologiques», V. Didron, t.XIV, P. 171 et suiv. : Artistes du Moyen Âge en Italie. Paris 1850.

14. Dom Leclercq, p. 37.

15. Dom Leclercq.

16. Cité dans « Annales Archéologiques », V. Didron, t.III, p. 239. Un grand monastère au XVIe siècle.

17. Le manuscrit Régius, datant de 1380 environ, est le texte le plus ancien concernant la maçonnerie de métier en Angleterre ; il est rédigé en vers et fait partie de ce que l'on appelle les « Old Charges » ou « Anciens Devoirs ». Il se compose de deux parties : -une histoire légendaire du métier- les « devoirs » ou règlements que devaient observer les maçons de métier- La citation que nous avons faite appartient à cette seconde partie.

18. Bibliothèque municipale de Chartres. Document compagnonnique appartenant au « fonds M. Jusselin ». Cote NA 258.

ANNEXE

Ce texte, cité en annexe, est extrait du Mémoire de Charles de Beaurepaire, intitulé «Notes sur les Architectes de Rouen», publié dans «Amis des Monuments Rouennais, 1901, tome 1, p.82 et suiv. Ce document nous a été aimablement communiqué par la Bibilothèque Municipale de Rouen.

Robert Roussel avait fait don à l'abbaye de Saint-Ouen de tous ses biens meubles, présents et à venir et avait pris l'engagement de consacrer tout son temps et son talent exclusivement au service du couvent. L'acte constatant cette obligation fut ratifié par lui et par Chrétienne La Cordière, sa femme, devant l'official de Rouen, au mois d'octobre 1255. Parmi les biens dont l'abandon était fait, on mentionne la pierre qui leur appartenait et qu'il avait fait déposer dans une partie du cloître. De leur côté les religieux s'étaient engagés à payer à Roussel, chaque année, 10l. payables par moitié, aux termes de Pâques et de Saint-Michel, 100 s. pour ses robes, et 12 charretées de bois en récompense des établis sur lesquelles il eût pu prétendre avoir droit. De plus, on devait lui fournir chaque jour, par main du célérier, deux pains, deux gallons de vins du couvent, un plat de poisson, représentant la part de deux religieux, et deux plats de viande suivant le jour, deux plats communs (generalia) et deux autres plats de pois. Dans le cas où les travaux l'appelleraient hors de la ville, le couvent se reconnaissait obligé de pourvoir à toute sa dépense et de faire porter à sa femme la moitié des livraisons convenues. On devait encore lui fournir un cheval et tout ce qu'il fallait pour le nourrir, mais avec défense à Roussel de le louer ni même de le prêter sans autorisation de l'abbé. Enfin, on affectait à son logement une maison, paroisse Saint-Laurent, qu'il s'était fait construire à sa convenance et aux frais du monastère. Il était spécifié que, si Chrétienne La Corbière survivait à son mari, elle continuerait d'occuper cette maison et recevrait la moitié des livraisons en nature et en argent.

C'était, comme on le voit, une position modeste ; mais du moins, elle était garantie contre le besoin, et, en quelque sorte, consacrée par le sentiment religieux qui l'avait fait solliciter.

Or, sept ans après, il arriva, pour des raisons qui nous sont inconnues, que l'union de Roussel et de La Cordière fut déclarée nulle par l'autorité écclésiastique et qu'une autre femme, nommée Isabelle, vint prendre, comme épouse légitime, la place abandonnée. Il fallut par un nouvel acte, déterminer le droit de la première femme relativement aux religieux. Je ne m'explique guère qu'on lui ait laissé une partie du logement et la moitié des livraisons en nature. Quant aux 20 livres de gage, elles furent réservées à Roussel et à Isabelle (lundi après la Purification de la Vierge, 1264)[1]

Roussel était évidemment plus qu'un ouvrier ordinaire. Les égards que les religieux de Saint-Ouen continuèrent à avoir pour lui, malgré la position singulière dans laquelle il s'était mis, sont un témoignage du prix que l'on attachait à ses services. D'ailleurs, on lui donne le titre de maître, et cette qualification est caractéristique, bien que je ne puisse exactement indiquer les conditions qu'il fallait remplir pour l'obtenir. J'y verrais volontiers l'équivalent d'entrepreneur de travaux publics ou de chef d'atelier.

Roussel, qui, pour le salut de son âme, avait pris l'engagement de consacrer tout son temps et tous ses talents au service des religieux, était plus qu'un ouvrier ordinaire : dans les textes, les religieux de Saint Ouen lui donnent le qualificatif de : magister, on dirait aujourd'hui maître maçon ou architecte.

CHAPITRE II

Mythes et légendes de chantiers

Mythes et légendes de chantiers

La nature n'ouvre point à tous, indistinctement les portes du sanctuaire

Fulcanelli. *La mystère des Cathédrales*

Il semblerait que les chantiers des Cathédrales, dans l'atmosphère brumeuse d'où surgissent leurs tours et leurs échafaudages ; aient été l'objet d'étranges «meurtres», dont les exemples, loin d'être des phénomènes isolés, jalonnent çà et là l'histoire des chantiers médiévaux.

Tout d'abord, il est bon de faire la distinction entre ce que l'on peut appeler des «accidents de chantiers», inévitables et relativement fréquents, des «assasinats».
Dans le premier cas, les exemples sont connus et relativement bien determinés. En effet c'est le cas de l'accident dont fut victime

l'architecte Guillaume de Sens en 1174, sur le chantier de la Cathédrale de Canterbury. Celui-ci fit une chute de trente pieds et mourut quelques temps après.

Dans le second cas les «meurtres» ne sont jamais relatés comme faits «réels», inscrits dans les registres des comptes, mais plutôt comme des «histoires légendaires», que l'on a du se raconter de bouche à oreille, en les amplifiant avec le temps, en oubliant le fait réel qui les a produit.

Toutes les catégories ou «grades» du métier en sont représentés, ainsi :

«mort de l'apprenti», (légende d'Alexandre de Berneval à l'église Saint Ouen de Rouen au xve siècle.)

«mort du compagnon», (légende de Rosleen Chapel)[1].

«mort du Maître» ou de «l'architecte». Les exemples sont nombreux citons la légende d'Hiram, architecte du Temple de Salomon, la légende de Maître Jacques, dans la Compagnonnage ; la légende de Renaud de Montauban sur le chantier de la cathédrale de Cologne...

«mort du saint patron», qui ressemble étrangement à ce qui vient d'être décrit, ainsi : saint Chéron à Chartres fut tué par trois bandits» au détour d'un chemin, mort étrange pour un saint !

Parmi les personnages, certains ont réellement existé, d'autres sont purement légendaires.

Dans le premier cas : A de Berneval, Hiram Abi (Bible) ; dans le second cas : R. de Montauban, Maître Jacques...

Il faut savoir que le chantier est entouré d'un certain mystère, les ouvriers travaillaient dans la loge et avaient peu, ou pas de contact avec «l'extérieur» ; d'où ce mystère qui ne manquait pas d'intriguer les autres corporations.

Que se passait-il, en effet, dans les loges de chantier, une fois la longue journée de travail terminée?

Nul ne le sait vraiment. On peut raisonnablement penser que l'on continuait à «discuter» du travail de la journée ; que le maître enseignait aux compagnons les secrets du métier, cette géométrie pratique que l'on appelle le «trait». Parfois on y travaillait fort tard, et même de nuit ! Parfois il y avait des discutions très vives, à en croire cet incident qui est relaté dans le cartulaire de Notre Dame de Paris en 1283, nécéssitant l'intervention de la force publique !

Certains maîtres maçons travaillaient de nuit chez eux, tel Guillaume Pontif à Rouen en 1484-85. Celui-ci travaillait pour la «Tour de Beurre». Pour preuve cet arrêté du chapitre, qui stipule «qu'il sera récompensé pour avoir taillé de nuit, le temps de l'hiver passé, en sa maison, cinq grandes pierres, quatre menaux, quatre chérubins»[3].

Et puis ils avaient leurs cérémonies particulières, fruit de très anciennes coutumes, ainsi les repas ou agapes pris en commun, à l'occasion de fètes religieuses, telle l'Ascension.

En 1463-1464 G. Pontif et P. Viart, maîtres d'oeuvre, reçurent le «mouton de l'Ascension, qu'ils ont coutûme d'avoir chaque année pour faire chaire ensembles».

Ou encore le vin nouveau, enterré (muché) à la Saint Michel pour être déterré à Pâques, (usage normand au XVe siècle). Enfin ce verre des maçons, lié probablement à la cérémonie précédente, datant de la fin du su XIVe siècle retouvé à Rouen en 1945 dans une ancienne église des Augustins. On y a retrouvé les restes de ce qui a du être un voile, ce qui semble indiquer un usage liturgique.

Peut-être qu'à partir d'un vague «fait divers», en oubliant l'événement qui l'a produit a-t-on abouti au mythe ? Cela est peut-être vrai pour l'apprenti, le compagnon, mais le maître du chantier était, problablement, un personnage craint et écouté à la fois ; difficilement approchable, n'oublions pas le serment de J. Salvart, aux clercs du chapitre, évoqué plus haut ! Alors .... on en vient au mythe, à la mort «initiatique», suivie peut-être, par la disparition du récipendaire, parce que, son temps fini, il doit faire ses preuves, sur un autre chantier ?

Certains ont dit que la pierre à «soif de sang», à besoin du sang pour être scellée[4]. Caïn, est considéré comme le premier bâtisseur. Celui-ci, en effet, fit la citée d'Hénoch, et avait tué son frère Abel ?

Un autre élément digne d'intérêt est la présence du «démon». Celui-ci apparait dans certaines «légendes» ! A chaque fois la Vierge interfere et libére le pauvre artiste de cet hôte détestable.

Nous présentons deux textes : la légende du moine «Hugues» de l'abbaye de Montierender (Marne), dont le texte original se trouve dans les «Actas Ordinis S. Benedicti» et qui fut reproduit au siècle dernier dans les «Annales Archéologiques», mines inépuisables de textes concernant le Moyen Âge. C'est à partir du texte traduit par Didron dans les Annales[5] que nous présentons ce document.

La légende du moine Théophile, dont une gravure reproduite dans ce volume, le représente bâtissant son église, entre dans cette catégorie de légendes.

Enfin, la Légende **des Quatres Couronnées** est connue à partir d'un texte datant du IVe siècle transcription d'une tradition «orale». Elle est figurée dans ce chapitre des «mythes et légendes de chantier».

Notes

1. Le trait : Ensemble de techniques graphiques qui permet à une échelle réduite ou grandeur nature, sur parchemin ou sur le terrain, de réaliser des plans d'architecture, des épures de montage, et des tracés sur les bois et les pierres pour leur façonnage et leur mise en oeuvre. Ph. Delorme (1515-1570) sera le premier a exposé les techniques du trait. Monge (1748-1818) sera l'inventeur de la géométrie descriptive qui codifiera l'ancienne technique du trait.
2. Première référence d'une loge de maçons de métier en France.
3. Ch de Beaurepaire dans *Notes des architectes de Rouen*. 1901.
4. Cité par D. Beresniak, dans *Le Gai scavoir des bâtisseurs.*
5. V. Didron. *Annales Archéologiques*, T.I, p. 117. art. *Artistes du Moyen Age*

1. Légende du moine Hughes

De l'Abbaye de Montierender (Haute-Marne)
Oblat et Ymagier, en l'an 1000.
Extrait des Annales Archéologiques de V. Didron ; coté C537. Bibliothèque municipale de Chartres.

Un frère, nommé Hugues fut rappelé des cloîtres de l'enfer par les mérites de Marie, la mère de Dieu, et ceux de saint Berchaire, martyre.

Enfant, il avait été offert à Dieu ; il était sous la discipline sévère des moines de Montierender. La piété et les religieux âgés ne lui permirent pas de vivre à sa volonté ; mais ils l'astreignirent non médiocrement aux divers exercices des arts et l'obligèrent, bon gré, malgré, à suivre la droiture de leurs actions. Cela se fit ainsi jusqu'à l'époque de la jeunesse.
Mais à cet âge, par la force de la nature, il chercha à vivre à sa guise et en pleine dissolution. Comme les habitudes religieuses réprimaient et empêchaient une pareille conduite, il se prit de haine pour ce qu'il aurait dû aimer et s'enfuit à Châlons, méprisant le collège des frères avec lesquels il avait été nourri.

Gibuin, évêque de Châlons, à cette époque, ayant reconnu sa science, le retint avec bonté et l'engagea à renouveler les peintures de sa cathédrale, que la vieillesse et que les siècles avaient voilées. Il lui permit d'employer à son gré le fruit de son travail. Tout en jouissant librement de la gloire et de cette vie mortelle, cet homme se mit à oublier, au-delà des bornes, la vie future. Mais Dieu qui est plein de tendresse pour les hommes et qui veut nous sauver plutôt que nous faire périr, saisi de compassion miséricordieuse, le retira merveilleusement des filets de la mort.
L'évêque de Châlon, qui le protégeait, allant consacrer (à l'abbaye d'Hautvillers) l'église des saints apôtres Pierre et Paul et de saint Berchaire, martyre, l'emmena avec lui, comme un ami, par

la volonté de Dieu. L'honorable abbé Bérenger, ayant appris l'excellence des études et du talent de Hugue, supplia instamment l'évêque de le lui laisser. Le pontife retourna donc à son siège épiscopal. Quant à Hugue, l'abbé Bérenger et ses moines l'installèrent dans une hôtellerie écartée et lui fournirent, selon ses désirs, tout ce qui lui était nécessaire, et même, ce qui est grave à dire, les choses superflues. Là, ils le prièrent de composer pour eux une belle image de la croix du Seigneur, comme ils le savaient en état de le faire.

Mais le Sauveur de ce monde, qui est venu laver les crimes des coupables, ne permit pas qu'un homme qu'il avait déjà attendu longtemps, ni que des mains qui l'avaient méprisé pussent dessiner impunément l'image de sa figure. En effet, l'artiste, ayant composé le dessin d'une croix et se mettant à sculpter une belle image du Rédempteur souffrant pour racheter le monde, fut saisi d'une maladie aiguë qui le conduisit à l'extrémité, il souffrait des douleurs à peine tolérables, et les larmes aux yeux, implorait le secours des moines. Il les supplia de lui rendre au plus tôt l'habit monacal sous lequel il confessait avoir vécu froduleusement comme un loup sous une peau de brebris.

Les frères, compatissant à ses cruelles angoisses, remplirent en pleurant l'hôtellerie où gisait le patient, et lui accordèrent régulièrement ce qu'il avait demandé avec ferveur. Mais l'ennemi des bons, le séducteur des âmes, le diable, voyant ce malheureux déjà converti sous les habits qu'il avait longtemps et stupidement méprisés, se plaignit du préjudice qui lui était porté par l'ordre des moines qu'il déteste, il fit rage contre eux et rappela son génie fécond en ruses pour inventer mille machinations. En conséquence, au milieu d'une immense foule de démons, on en vit paraître deux horribles qui se précipitèrent avec une impétuosité barbare dans le domicile du malade ; ils voulaient, si c'était possible, lui arracher violemment du corps son âme misérable. Mais, avec la protection de Dieu, des retards entravant leur efforts, l'un reprocha à l'autre ces lenteurs dans l'exécution du dessin qui les avait amené. Celui-ci lui ayant répondu que les restes de l'illustre martyre Berchaire, qui reposaient là, protégeaient l'artiste, l'autre répliqua à son camarade qu'il ne pouvait plus l'aider, parce que Hugues était muni du viatique de Jésus-Christ et défendu par les prières des moines de saint Berchaire.

Mais, pendant que cette altercation se prolongeait et que ces deux démons effrayaient Hugues de leurs horribles clameurs, tout à coup, aux yeux du malade, qui soutenait et voyait toutes ces luttes, apparut une main seule, une main miraculeuse, dont la miséricorde ineffable chassa les démons, fit un refuge au souffrant, et, par l'autorité de Dieu, le délivra au moment où toutes ses forces l'abandonnaient.

En effet, la mère de Dieu, touchée de pitié pour les prières des moines qui protégeaient le mourant de leurs voeux, s'empressa d'envoyer du secours pour soutenir la faiblesse de l'agonisant. Bientôt cette reine des archanges vint elle-même fortifier de sa présence les membres du malade et empêcher que le diable n'enlevât celui que son fils Jésus avait racheté de son sang.

Effectivement, au sommet de la croix qui était étendue aux pieds de l'artiste gisant, on vit tout à coup briller un globe d'azur enveloppé de cercles blancs comme le lait, et orné, en de certaines places, d'étoiles rayonnantes. Ce globe, selon la volonté de Dieu, s'ouvrit merveilleusement en deux parties, et, dans le milieu, on vit la reine du ciel briller sous des vêtements fins et ineffables. Personne ne put douter que ce ne fût là Marie, la Mère de Dieu. Cette sainte béatitude brilla d'abord au sommet, puis elle descendit le long de la croix jusqu'en bas, en semant d'or toute sa route ; et s'assit au pied de la croix comme une reine sur le trône de son Fils.
Hugues était brisé autant par les douleurs que par les assauts des démons. La Vierge daigna le fortifier par ces paroles :

Malheureux homme, voilà que mon Fils, ému de compassion par mes prières et par celles des amis de saint Berchaire, t'accorde du temps pour te repentir. Retourne donc au lieu où tu as été offert à Dieu et à ses saints, et dorénavant mène une vie meilleure.

En disant cela, Marie étendit une main miséricordieuse pour chasser la troupe des démons ; elle souleva le malade sur son séant et lui rendit la santé. Alors, les larmes dans les yeux, Hugues se mit à raconter aux assistants ce qu'il avait souffert et se qu'il avait vu.

V. Didron ajoute :

C'est dans les Acta SS. Ordinis S. Bénédicti, mine inépuisable, que j'ai recueilli cette charmante histoire, traduite ici textuellement, cette vie capricieuse et désordonnée d'un grand peintre et d'un grand sculpteur.

2. La Croix de l'Abbaye de Clairmarais. XIIIe.

Sans transition aucune avec le texte précédant, nous présentons cette croix, chef-d'oeuvre d'orfévrerie du XIIIe qui a été sculptée par un moine, «Hugo», vraissemblablement vers le premier tiers de ce siècle. C'est la parenté entre la croix et le nom de son auteur, qui nous a incité à en faire une description sommaire.

Contrairement à ce que l'on pourrait penser, cette double croix n'est pas byzantine mais bien du style ogival.

Elle présente les Quatres Évangélistes, jeunes et sans barbe, nimbés et rédigeant les Évangiles.

Aux deux extrémités de la grande traverses, figurent la Vierge et saint Jean, représentés debout.

Fig 1

La croix de Clairevaux XIIIe . Dans Annales Archéologiques. Tome XIV. par Louis Deschamp de Pas, p. 285 et suivantes. (Bibliothèque municipale de Chartres) Côté C 537.

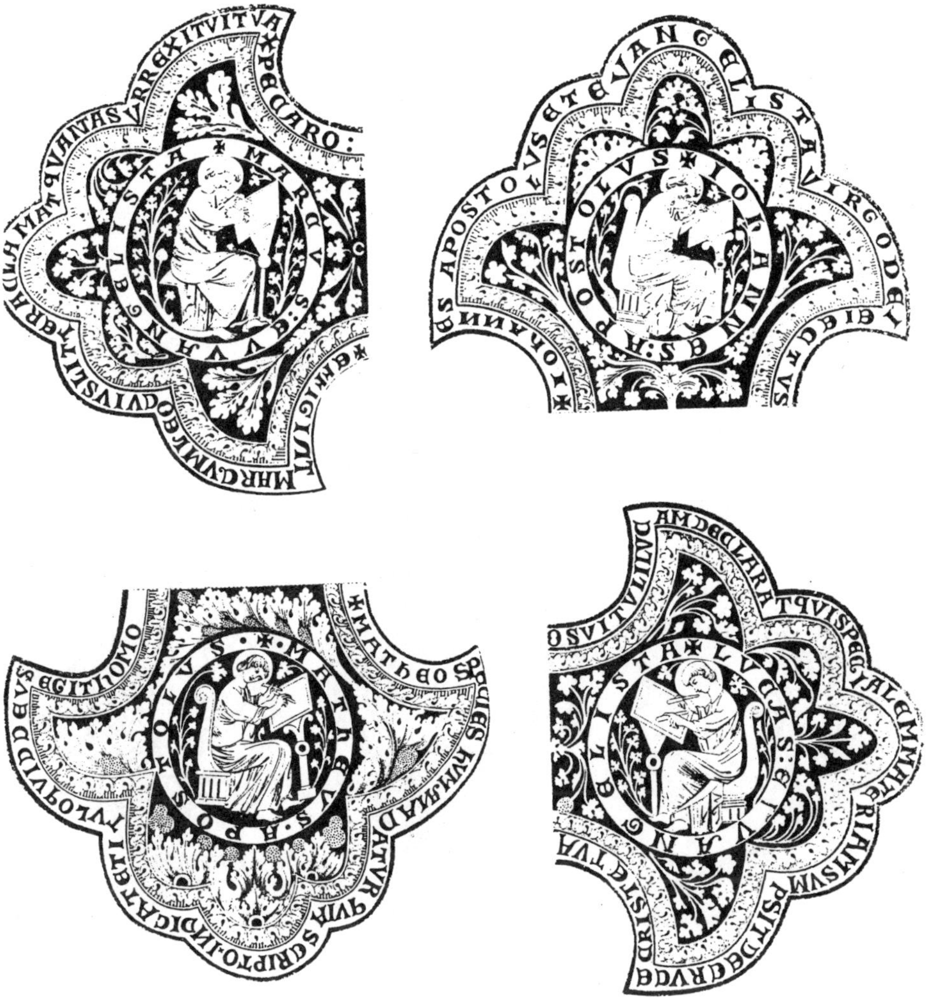

Fig 2

La croix de Clairevaux XIIIe . Dans Annales Archéologiques. Tome XIV. par Louis Deschamp de Pas, p. 285 et suivantes. (Bibliothèque municipale de Chartres) Côté C 537.

Fig 3

La croix de Clairevaux XIIIe . Dans Annales Archéologiques. Tome XIV. par Louis Deschamp de Pas, p. 285 et suivantes. (Bibliothèque municipale de Chartres) Côté C 537.

Au centre de la petite traverse et de la verticale de la croix, dans un médaillon ovale, figure le Christ assis de face, bénissant de la «main droite à la manière latine». La main gauche est levée comme la droite et semble bénir également.

Au dessous de ce médaillon et commençant la seconde traverse, est étendu le Christ en Croix, la tête entourée d'un nimbe semblable au précédent.

Sous ses pieds, dans un médaillon, on voit un personnage nimbé sortant d'un tombeau. On peut penser à une représentation d'Adam.

D'après une tradition, là sépulture d'Adam fut au sommet du Golgotha et au moment de la mort du Sauveur, lorsque la lance lui perça le côté, le sang qui en coula, tombat sur la crâne du premier homme mis à découvert par la terre, qui s'entrouvit dans ce moment. Alors Adam, régénéré par cette rosée, sortit du tombeau pour adorer son Sauveur». (Annales Archéologiques). C'est ce qui semble être figuré ici.

Adam lève la main pour «montrer que c'est à la croix qu'il doit son salut» Adam est nimbé parce que «par la mort du Christ, il se trouve admis dans le paradis au nombre des élus».

3. Légende d'Alexandre de Berneval.

Maître d'oeuvre de Saint Ouen de Rouen.
Première moitié du xve siècle.
Cette légende est citée par Dom Pommeraye, bénédictin, dans son *Histoire de l'abbaye royal de Saint-Ouen de Rouen*, divisée en cinq livres, recueils des diverses chartes, titres... et mémoire instructifs et des auteurs qui en ont écrit, par un religieux bénédictin de la Congrégation de St-maur.
Rouen, R. Lallement 1662, 3 parties en 1 volume in. fol.

Le fond de l'église et les croisées sont enrichis de trois belles roses artistement travaillées. Je trouve dans quelque anciens manuscrits de l'Abbaye et de la Bibliothèque de H. Bigot, une chose assez remarquable arrivée à l'occasion des deux roses de la croisée.

Elles furent faites en l'an 1439. L'une par Alexandre de Berneval, maître maçon, et l'autre par son serviteur ou apprentis, qui fit la sienne avec tant d'industrie et de bonheur, qu'elle eut l'approbation de tout le monde, et même fut jugée plus belle et mieux conduite que celle où son maître avait travaillé. Celui-ci, au lieu de dissimuler et de souffrir patiemment les louanges qu'on donnait à ce savant apprenti, ou plutôt d'en être bien aise et d'y prendre part, étant certain que c'est une gloire, et non pas un déshonneur à un maître de former un disciple plus habile que lui. Celui-ci, dis-je, se laissa tellement transporter à l'envie, et ensuite, à la colère, qu'il tua l'autre, et mérita par cette action si lâche et si noire de finir misérablement sa vie par les mains d'un bourreau. Exemple mémorable de ce que peut l'envie lorsque l'on suit ses mouvements, et qui n'est pas moins digne d'être considéré pour s'être passée entre des personnes de basse condition, puisque les passions prises dans leur principe et dans leur effets, sont les mêmes dans les petits que dans les grands. Aussi a-t-il été remarqué par M. de la Mothe dans une de ses lettres ou traité où il parle de l'ennui.

Fig 4

Pierre tombale d'Alexandre de Bonneval et Colin de Bonneval, son fils. Dans Ch. de Beaurepaire : Notes sur les Architectes de Rouen. Publié par : Amis des Monuments Rouennais, Rouen 1901. (Bibliot Municipale de Rouen).

Puis il poursuit : *les religieux de Saint Ouen, touchés de compassion envers ce malheureux artisan, obtinrent son corps de la justice, et pour reconnaître les bons services qu'il leur avait rendus dans la construction de leur église, nonobstant la fin tragique, ne laissèrent pas de lui faire l'honneur de l'inhumer dans la chapelle de sainte Agnès, où sa tombe se voit encore avec cette épitaphe :*

Cy git Maistre Alexandre de Berneval, Maître des oeuvres de Massonnerie au Baillage de Rouen, et de cette église, qui trépassa l'an de grâce 1440, le 5 Janvier. Priez Dieu pour l'âme de luy.

J. Quicherat, dans *Mélanges d'archéologie et d'histoire*, en 1886, en conclut ceci :

Comme le monument cité par Dom pommeraye existe encore, nous ajouterons, pour plus amples renseignements, qu'il consiste en une pierre de liais, ayant à sa gauche la figure en même proportion de celui qu'on dit être son apprenti. Les religieux de Saint Ouen auraient donc couché dans le même sépulcre l'assassin et la victime : ce qui ne laisse pas d'être singulier. Il l'est encore plus qu'ils aient mis une épitaphe à ce méchant A. de Berneval, sans accorder le même honneur à son élève le plus méritant, dont le nom, à cause de cela, est resté une énigme.

En fait son élève, cité ici, n'est autre que son fils, Colin de Berneval qui succéda à son père en 1440, comme maître de l'oeuvre, c'est lui qui fit la rose septentrionale, qui représente une étoile à cinq branches, qui d'ailleurs, était sa marque, comme on peut le voir, en bas du rapport d'expertise qu'il fit le 24 juin 1440, à propos de la tour centrale de Saint Ouen.

Ce texte est à rapprocher des «chansons de geste» du Moyen Âge finissant, telle la légende des Quatre fils Aymon» et l'histoire de Renaud de Montauban sur le chantier de la cathédrale de Cologne.

4. La légende des quatre couronnés.

Les historiens anglais : D. Knoop et G.P. Jones[1] dans leur ouvrage traitant de la maçonnerie de métier relatent la légende des «Quatre Couronnés», quatre tailleurs de pierre et sculpteurs pannanéens. Cette légende, nous le verrons, repose sur un fait historique que l'on a pu situer dans l'espace et dans le temps, mais ne figure dans aucune des parties historiques des anciens textes des maçons de métier ; elle figure uniquement dans la dernière partie du Manuscrit Régius II, 497-534, sous le titre « Ars Quatuor Coronatorum »[2] que nous allons présenter maintenant :

« L'Art des Quatre couronnés »

Et maintenant prions Dieu tout-puissant
Et sa mère la radieuse Marie
De nous aider à garder ces articles
En même temps que ces points,

A l'exemple de ces quatre saints martyrs
qui furent toujours tenus en grand honneur dans notre métier ;
Ils étaient aussi bons maçons qu'on puisse en voir sur la terre,

Et ils étaient aussi sculpteurs et imagiers
Comme ils étaient des ouvriers d'élite,
L'empereur les tenait en grande affection ;

Il voulut leur faire faire une statue
A laquelle on rendait un culte en son honneur ;
En son temps il faisait faire de telles idoles

Pour détourner les gens de la loi du Christ,
Mais eux restèrent inébranlables dans la loi du Christ,
Et fidèles à leur métier sans compromis ;

Ils aimaient comme il faut Dieu et tous ses commandements,
Et s'étaient pour toujours voués à son service.
En ce temps-là ils furent des hommes de vérité,

Et vécurent droitement dans la loi de Dieu ;
Ils n'entendaient pas fabriquer des idoles,
Quelque profit qu'ils puissent en tirer,

Ni honorer une telle idole comme leur dieu ;
Ils n'y consentiraient pas malgré sa colère,
Car ils ne voulaient pas renier leur vraie foi

Pour croire à sa fausse loi.
L'empereur les fit arrêter sans délai
Et les mit dans un profond cachot ;
Plus ils souffraient dans leur prison
Plus ils étaient joyeux en Christ
Lors ne voyant rien d'autre à faire

Il ordonna de les tuer.
Si sur leur vie plus veux savoir
Au livre encore pourras trouver

Dans la légende et vie des saints
Les quatre noms des couronnés
Ils sont fêtés sans contredit
Après Toussaint huitième jour.

Telle est la légende, telle que nous la voyons consignée dans le Manuscrit : « Régius », datant approximativement, de l'extrême fin du XIVe siècle.

Cette source vient probablement de la source latine de la « Légende Dorée » (Golden Legend), dont nous allons parler maintenant.

Pour cela, nous allons emprunter les quelques lignes qui suivent à Dom Leclercq, dans le « Dictionnaire d'Archéologie Chrétienne et de Liturgie », dans la partie consacrée à ces « Quatre Couronnés » ou « Quatuor Coronati », nommés ainsi parce qu'ils reçurent la couronne du martyre[3] ; ainsi qu'à l'ouvrage des RR. PP. Bénédictins de Paris, intitulé : « Vie des Saints et des Bienheureux, selon l'ordre du calendrier avec l'histoire des fêtes.[4] ». Ces derniers ayant donné de larges extraits du texte de la « Passion » de nos sculpteurs pannanéens.

Nous verrons ensuite, dans une seconde partie, le culte des « Quatre Couronnés » dans les métiers du bâtiment sur le continent européen au Moyen Âge et ensuite en Angleterre.

La Légende

Un texte rédigé en latin, la « Passio » au IVe siècle, par un certain Porphyrius, employé au cadastre, relate le fait suivant : «pendant un séjour de Dioclétien en Pannonie, motivé par les grands travaux entrepris sous son règne, on comptait parmi les ouvriers quatre chrétiens d'une très grande habilité. Ils avaient pour nom *Simpronianus, Claudius, Nicostratus et Nicostratus.* Ils étaient sculpteurs de leur état, et, dans le texte de la Passion, Claudius et ses compagnons sont appelés ordinairement «ouvriers, carriers, tailleurs de pierres, artisans»; ils semblent n'être désignés sous le qualificatif de « maître », qu'une seule fois, par leur juge Lampadius[5].

Au dessus d'eux nous trouvons le terme de « Phylosophi », désignant probablement des ingénieurs ou des chefs de chantier. Ces mines employaient des « ouvriers libres », comme nos cinq martyrs, ainsi que des esclaves et des détenus ; en particulier des chrétiens «condamnés aux travaux forcés lors des persécutions : c'est ainsi que l'évêque d'Antioche, Cyrille, avait été déporté dans cette exploitation. C'est lui qui baptisera Simplicius.

Selon ce que rapportent les RR.PP. Bénédictins, dans leur traduction, «le procès des sculpteurs évoque assez bien celui de Jésus». Ils indiquent également que, comme on va le voir dans la suite du récit, ce fut la mort subite de Lampadius au moment du procès qui, semblant confirmer l'accusation de «magie» qui était portée à leur égard, l'incitera à prononcer contre eux une sentence de mort.

D'autre part, Hippolyte, dans sa « Tradition apostolique », s'occupant des métiers des nouveaux convertis déclarera : «Si quelqu'un est sculpteur ou peintre, qu'on lui apprenne à ne pas faire d'idoles. S'il ne veut pas cesser, qu'on le renvoie.»

Le texte de la Passion nous montre que les sculpteurs «avaient toujours prié avant de se mettre à l'ouvrage, et, pendant leur travail, « ils se donnaient du courage par des chants que les ingénieurs (philosophi) traitaient de magiques, et qui devaient être fort pieux, hymnes ou psaumes ...»[6].

Ils avaient exécuté une statue du soleil, que l'empereur fit ériger dans un temple élevé par ses ordres sur une hauteur appelée le « Mons pinguis ». Sa satisfaction l'amena à une autre commande de colonnes et de chapiteaux en porphyre, extrait de la hauteur nommée le « Mons Igneus ». Un sculpteur païen, *Simplicius,* admira le succès de ses confrères qui lui avouèrent leur devoir de prier Jésus-Christ. Cet aveu et leurs encouragements entraînèrent la conversion de Simplicius qu'un évêque d'Antioche, Cyrille, instruisit dans la foi chrétienne. Les surveillants des travaux (philosophi) découvrent la croyance de sculpteurs qu'ils dénoncent à Dioclétien. Celui-ci répond à cette dénonciation par une nouvelle commande : des victoires, des amours, des conques et une statue d'Esculape. Les sculpteurs acceptent de faire des statues touchant les victoires, les amours et les conques, qui n'ont aucune signification idolâtrique, tel n'est pas le cas pour la statue d'Esculape.

Le tribun Lampadius s'ingénie à les sauver et meurt avant d'avoir pris une décision. C'est alors que sa femme s'adresse à Dioclétien qui fait enfermer les cinq sculpteurs vivants dans des cerceuils de plomb qu'on précipite dans le fleuve le 18 novembre. L'évêque Cyrille meurt de douleur. Dioclétien se rend à Sirmium et, après six semaines, un fidèle retire du fleuve les cinq cercueils et les dépose dans sa maison»[7].

A ce texte de la Passio vient s'ajouter une légende apocryphe qui relate le fait suivant : Un an plus tard, Dioclétien de retour à Rome, y élève dans les thermes de Trajan un temple à Esculape que décore une statue du dieu en marbre de Proconèse. Ordre est donné à tous les soldats d'y sacrifier quatre d'entre eux, des « corniculari» nommés : *Sénenus, Severianus, Carpophorus* et *Victorinus* refusent et sont mis à mort. L'évêque Miltiade et St Sébastien ensevelissent leurs corps. Toutefois, comme on ignore leurs noms et que leur « dies natalis » coïncide avec celui des sculpteurs pannanéens ils décidèrent qu'on célébrera leur fête sous le nom de ces derniers.

Cette légende des « Quatre Couronnés » souscrit-elle à la réalité historique ?
Il faut bien dire que l'on rencontre de sérieuses difficultés. Dioclétien a fait un séjour en Pannonie, celui-ci est bien antérieur à la date (approximative) de la persécution. D'autre part, il ne s'est jamais trouvé en Pannonie au mois de novembre ! De plus, comme le souligne Dom Leclercq : « Cyrille d'Antioche était, au dire de la Passion, condamné ad metalla depuis trois ans ; or cette condamnation ne pouvait être antérieure à la persécution de 303, ce qui reporterait le martyre des cinq sculpteurs à 306, mais à cette date Dioclétien avait abdiqué ». On peut penser que Porphyre a fait un lapsus et écrit Dioclétien à la place de Galère.

Dom Leclercq propose autre chose[8]. Dioclétien a abdiqué, mais est encore très écouté à cette époque. Il a fait construire un palais à

Spalato qui n'est pas terminé et dont il poursuit la décoration. « Ce soin l'a amené de Salone à Sirmium, où il a fait un séjour prolongé - la « passio » parle de neuf mois -». A Sirmium il fait travailler les ouvriers et à l'occasion il peut encore sévir.

La « Passio » fait mention de Cyrille d'Antioche, dont on voit mal pourquoi il aurait été introduit par notre auteur s'il ne s'était pas trouvé là. La distinction entre les statues idolâtriques et les décorations ornementales, correspond bien à ce que nous savons des idées en cours au commencement du IVe siècle. «Au point de vue documentaire et littéraire, l'auteur du récit, Porphyre, se tient à égale distance du procès-verbal et du roman; il compose une narration telle qu'un homme d'une culture moyenne peut la présenter à ses contemporains et à peu de distance de l'événement »[9].

On a fait observer que l'auteur cite saint Mathieu, dans une version bien antérieure à la Vulgate, « laquelle était admise partout à la fin du IVe siècle », de plus Porphyre utilise des expressions qui étaient en usage parmi les travailleurs de Sirmium, enfin, si l'on interroge la « Passio », force est de constater que « la topographie y est un peu vague et cepandant la localisaion de l'incident dans les collines de la Fruskgora est défendable ».

Il existe enfin, dans cette région, les restes d'un sanctuaire et qui atteste l'existence d'un culte en cette région. Etait-ce celui des quatre tailleurs d'image chrétiens ? On ne peut l'affirmer bien que l'opinion locale se prononce en ce sens aujourd'hui.

Pendant fort longtemps, les cinq martyrs pannoniens ne furent que quatre, c'est-à-dire que le dernier : Sicuplicius fut purement et simplement oublié des martyrologues. Ce n'est qu'au VIIe siècle que la liste devient complète dans les textes. Nous pourrions dire, dans les textes seulement car si, vers 1350, les martyrs pannoniens étaient vénérés à Rome, la translation de leurs corps ne se fera qu'à une date postérieure...« Parce qu'ils étaient connus au nombre de quatre seulement, l'un des cinq continua longtemps à rester dans l'ombre du groupe qui fut honoré sous la rubrique des Quatre Couronnés». Mais un jour vint où, à la suite de la translation des reliques des saints martyrs, on se rendit compte qu'il existait une contradiction entre le récit de la « Passio » qui mettait en scène cinq personnages et le culte qui s'adressait à quatre seulement !

«Un hagiographe ingénieux s'en chargea en imaginant un dédoublement. il distingue les cinq pannoniens et les Quatre Couronnés, dont il composa l'histoire en la rattachant à celle des premiers, mais en faisant de ses héros fictifs des saints militaires qu'il mit en rapport avec st. Sébastien, peut-être parce que, dans la légende antérieure de st. Sébastien, la fantaisie d'un autre conteur pieux avait déjà fait intervenir Simpronianus et quelques uns de ses compagnons. Et voilà comment l'authentique « Passion », due à la plume de l'honnête Porphyre fut pourvue d'un appendice apocryphe qui a pu jeter sur elle une ombre dorénavant dissipée»[10].

Le culte des « Quatre Couronnés »

Leur culte ne semble pas avoir laissé des traces en Pannonie. Les reliques, en revanche, furent transportées à Rome dès le VIe siècle dans l'église qui leur est dédiée sur la colline du Cachus (la dédicace date de l'an 595). Ces reliques passèrent ensuite en France, où l'église Saint Sernin de Toulouse avait fait une place dans sa collection de « corps saints », aux ossements des « Quatre Couronnés ».

D'après L. du Broc de Segange : « des reliques de st. Claude (Claudius) auraient été transportées en Franche-Comté vers le Xe siècle. En 1049, elles étaient, je le cite « honorées dans l'église de Maynal, une des plus anciennes du Jura »[11].
Il ajoute : « Les traditions les plus anciennes de Maynal attestent que saint Claude y fut toujours très honoré comme martyre. Sur

une bannière de la paroisse, avec la date de 1763, il y est représenté dans l'attitude d'un homme qui invoque le ciel et dont la figure est éclairée par un rayon de lumière. Il tient un ciseau d'une main et de l'autre un maillet (ou marteau?) ».

La commémoration des deux groupes de martyrs (les cinq sculpteurs pannoniens et les quatre soldats romains) se fête le même jour, c'est-à-dire le 8 novembre. Celle-ci fut instituée par Melchiades ou Miltiades, évêque de Rome (312-314)[12].
Au Moyen Âge, les corporations de maçons et de sculpteurs se placèrent sous leur protection, puis ce fut le cas de toutes les corporations du bâtiment, couvreurs, platriers, etc ... La commémoration des « Quatre couronnés » était donc bien répandue en Europe continentale durant cette période.

L.Carny[13] signale les faits suivants :

A Pavis, dans la cathédrale, ils sont sculptés sur le côté principal du monument, à St. Augustin, chacun d'entre eux porte un instrument du métier.

Il signale en outre, qu'ils sont surtout les saints patrons des compagnons allemands, flamands, hollandais, de ceux de la Meuse, également. Il existe à Bruxelles, « un merveilleux retable des Quatre couronnés ou figurent peints, des tailleurs de pierres, maçons, imagiers, mais aussi des couvreurs et des ardoisiers ». A Middelbourg, la maison de la guilde, construite en 1590, contient une représentation des Quatre Couronnés, qui figurent sculptés, l'un tenant un fil à plomb, un autre une équerre, un troisième une truelle, et le dernier un compas. Egalement en Hollande à Leyde, existe une maison de l'ancienne confrérie des charpentiers, de la période 1550-1620.

Malheureusement, il semble, comme j'ai pu le lire dans les Annales archéologiques (tome XVII, p.193, 194), que cette façade de la maison des charpentiers fut démolie au siècle dernier. Celle-ci était ornée des « images en bas-relief de st. Joseph et des quatre sculpteurs chrétiens : Claudius, Nestorianus, Castorianus et Simpronianus, tous pourvus des instruments de leur métier. Le cinquième (le converti) : Simplicius, n'y était pas. Les quatre autres portaient des couronnes ».

En l'église Saint Eusèbe, à Arnhem, « des peintures ornent les plafonds ou sont représentés les blasons des différents corps de métiers et les Quatre Couronnés »[14].
Egalement des médaillons les représentent à Florence (voir gravure). Enfin, les Annales, déjà citées, nous renseignent encore de leur existence, sur la statuaire du Palais Ducal de Venise.[15].

Nous citons le passage en entier car il donne une description très précise de chacun d'entr'eux avec leurs costumes et leurs outils :

1.S.Simplicius. Pas de coiffure, mais riches vêtements. Sa main droite est levée en signe d'étonnement ou d'admiration. A la main gauche, un ciseau ; le maillet à côté de lui. Il travaille un petit morceau de serpentin.-2. L'inscription est très effacée ; c'est peut-être S.Claudius. Homme richement vêtu ; couronné et nimbé, roi et saint en même temps. Il sculpte une petite figure pour un tombeau.-3.Discipulus incrédule. Pas de coiffure, petite barbe, habillé à l'orientale. Il travaille un petit pilier qui a base et chapiteau. A la main gauche, ciseau ; la main droite est levée en signe d'étonnement.-4.Castrius. Richement vêtu, nimbé et couronné ; il travaille une pierre de porphyre qui est enlevée aujourd'hui. La main gauche tient le ciseau, la main droite est levée en signe d'étonnement.-5.Discipulus optimus. Habillé comme le disciple incrédule, mais il porte un turban. Sa physionomie est bien orientale. Il travaille une espèce de plat ou de cuvette à côtés.-6.Nichostratus. Richement habillé, couronné et nimbé. Il exécute une très belle corniche. A la main droite, compas ; à la main gauche, ciseau, dont il a le maillet dans son giron.

L'auteur de l'article croît reconnaître ensuite une inscription très effacée, dont la partie supérieure du nom est détruite « Hirtarus...sipul ». Ce disciple est vêtu comme les autres élèves mais il porte une coiffure doublée de fourrure. Son marteau qui est dentelé et que nous appelons une brette, est « pos » sur un pilier carré ; mais le jeune artiste n'a pas l'air de travailler ». Enfin nous voyons le dernier «Simpronianus, couronné et nimbé, richement vétu comme les autres; il exécute une figure d'évêque pour un tombeau ».
L'auteur s'interroge sur les « disciples » dont il ne trouve de traces nulle part. Peut-être « dans les Bollandistes, existe-t-il quelque légende obscure, que je ne connais pas et où se développent tous les personnages, élèves et maîtres sculptés sur un curieux chapiteau ? »

«C'est en général Nestorianus qui porte le compas et Castorianus le marteau à tailler les pierres ; Symphorianus porte l'équerre et Claudius la canne[16]. Nous pouvons signaler également l'église de la guilde St. Michel à Florence, où il y a aussi les Quatre Couronnés. Enfin à Strasbourg, les Statuts de 1459 des tailleurs de pierres (Steinmetzen) commencent par ces mots :

« Au nom de Dieu le Père, du Fils, du Saint Esprit et de Sainte Marie, mère de Dieu, de ses bienheureux saints serviteurs les Quatre Saints Couronnés de mémoire éternelle, nous considérons que pour conserver amitié, union et obéissance (...) nous devons former une fraternelle communauté, ceci pour le bien et l'utilité de tous les maîtres et compagnons du corps de métier des travailleurs de pierre et des maçons en terre allemande ...».

Plus récemment, le Compagnon charpentier R.Vergez, dans son livre «Les Tours inachevées», nous conte aux pp. 116 à 118, le rituel des Maçons Etrangers sous forme de catéchismes par demandes et réponses :

«-Comment se nomment les Quatre Couronnés, mon répondant ?
- Claudius, Castorius, Symphorianus et Nicostratus.
- Pourquoi sont-ils quatre ?
- Il y a quatre angles dans la Croix
- N'y en a-t-il point un cinquième?
- Le cinquième est le premier
- Quel est le chiffre du cinquième?
- C'est le chiffre du Devoir
- Sais-tu tracer ce chiffre?»

C'est alors que l'impétrant doit exécuter cet ordre.

En France, il ne semble pas que les Quatre Couronnés aient été, à quelque période que ce soit, les Saints Patrons des métiers de la pierre. Bien que leurs reliques soient déposées, comme nous l'avons dit plus haut, à l'église St Sernin de Toulouse.

La fête des maçons et des tailleurs de pierre était célébrée le jour de l'Ascension, comme nous l'avons mentionné dans un autre chapitre[17]. St. Blaise de même que st. Thomas, souvent représentés tenant une équerre, étaient les saints patrons des tailleurs de pierre. Quelques traces, cependant, de leur présence dans la mémoire collective des maçons sont à signaler.
L'église Saint Sulpice, construite au milieu du XIIe siècle, possède des voûtes gothiques de style ogival naissant, présentant des arcs à peine brisés». Dans la troisième travée se trouve la clé de voûte des « Quatre Couronnés » entourant l'Agneau levant un étendard. Tandis qu'au sud de Paris, à peu près à la même distance, à Etampes, en l'église ND. du Fort, se trouve également une clé de voûte où figurent les « Quatre Couronnés »[18].
Le vitrail des tailleurs de pierres de Chartres, cependant, dédié à saint Chéron, figurerait, comme nous l'avons suggéré, les métiers des Quatre Couronnés : architecte, ymagier (sculpteur), tailleur de pierres et maçon ...(voir également le médaillon du Dôme de Florence).

En ce qui concerne l'Angleterre, enfin, nous ne savons pas à quel moment et par quelle route, les Quatre Couronnés et leur légende, s'installèrent dans la tradition des maçons de métier anglais. Comme le soulignent les historiens anglais, D. Knoops et G.P.Jones, « leur mémoire a été préservée par l'Eglise, comme le montre la dédicace d'une église qui leur est attribuée à Canterbury au septième siècle, et le fait qu'on les trouve dans plusieurs martyrologues médiévaux anglais et écossais[19]. Cependant il faudra attendre le xve siècle pour voir un honneur spécial attribué aux « Quatre Couronnés » par les maçons anglais.

Et encore, il s'agit d'une exception, car les guildes et fraternités auxquelles les maçons anglais et écossais appartenaient, vénéraient d'autres saints patrons : saint Thomas pour les maçons de Londres et saint Jean pour les maçons d'Edimbourg. Les «Quatre Couronnés ne furent pas l'objet d'un honneur spécial avant 1450, et encore leur fête, le 8 novembre, ne fut pas considérée comme un jour férié, à une époque où les jours fériés (Saints Days) et les fètes religieuses furent librement reconnues. On n'a jamais pu retrouver la trace du 8 novembre comme date fériée sur aucun chantier de construction avec, peut-être, la «Tour de Londres» en 1535, lorsque trois ou quatre maçons ne vinrent pas à leur travail ce jour-là»[20].

La fête de la guilde avait lieu tous les deux ans, c'était le «jour des Oeptas»(Utas, Octave?) de la Sainte Trinité, lorsque, après la messe, les membres et leurs épouses faisaient un festin. Il semble, pour conclure, qu'une telle reconnaissance ne semble pas avoir été accordée aux « Quatre Couronnés » par les maçons anglais avant le xve siècle.

Au-delà du fait historique, la légende des « Quatre couronnés » nous rattache directement au mythe. Les cinq tailleurs de pierre chrétiens ont préféré la mort plutôt que de tailler une idole. Des exemples semblables jalonnent toute l'histoire du métier : la chanson de geste des « Quatre fils Aymon » et l'histoire de Renaud de Montauban sur le chantier de la cathédrale de Cologne, assassiné par des compagnons jaloux; la légende de «Maître Jacques», lui-aussi assassiné ...Personnages réels ou mythiques, ils incarnent la justice, la vertu, les gardiens de la connaissance, qui succombent à l'envie, aux passions ; mais le passage par la mort les conduit à l'immortalité.

Notes et commentaires

1. D. Knoop et G.P.Jones : «The Genesis of Freemasonry», en particulier ;« The four crowned martyrs », p. 71 et 72.
2. Voir dans ce même ouvrage la partie qui leur est consacrée dans «Regius», aux références données ci-dessus.
3. Dom Leclercq et Dom Cabrol : *Dictionnaire d'Archéologie chrétienne et de Liturgie*, article : « Quatre Couronnés », p. 2009 et suivantes.
4. Les RR.PP. Bénédictins de Paris : «Vie des Saints et des Bienheureux, selon l'ordre du calendrier avec l'historique des fêtes». Tome XI, Novembre. Paris Ed. Letouzy, 1954.
5. Les RR.PP Bénédictins de Paris. p. 251 et suivantes.
6. Les RR.PP Bénédictins de Paris. p. 252 et suivantes.
7. Dom Leclercq, p. 2009.
8. Dom Leclercq, p 2010.
9. Dom Leclercq, p 2010 et 2011.
10. Dom Leclercq déjà cité.
11. Louis du Broc de Segange : *Les saints patrons des corporations et protecteurs* tome 2
12. Dom Leclercq déjà cité.
13. L. Carny : *Les compagnons en France et en Europe*. Au chap. corresp. aux quatre couronnés. p. 140 et suivantes.
14. D. Knoop et G.P.Jones : «The Genesis of Freemasonry», déjà cité. p. 71 et suiv
15. V; Didron : *Annales Archéologiques*, tome 17, p. 193 et 194.
16. Cf note 13. Idem.
17. Voir plus loin.
18. Idem note 13.
19. Idem note 14.
20. Idem note 14.

Fig 5

Arts et Artistes du XIVe siècle. Annales Archéologiques, (Bibliothèque municipale de Chartres), côté C 537.

Fig 6

Arts et Artistes du Moyen Âge. Annales Archéologiques, (Bibliothèque municipale de Chartres), côté C 537.

Fig 7

Tailleurs de pierres et Artistes gothiques, Annales Archéologiques, V. Didron, Côté C537, (Bibliothèque municipale de Chartres).

CHAPITRE III

La mystique des tailleurs de pierre

La mystique des tailleurs de pierre

« Non nobis, Domine, non nobis, Sed nomini tuo da gloriam ».

Ps. 115, 1. Prière des sculteurs de Troyes, église de Pont-Hubert, XIIème siècle. Annales archéologiques

a. Le Temple et l'architecture mystique.

Dieu n'apparaît-il pas dans les Écritures comme architecte et maçon ? Nous lisons en effet que : « Si le Seigneur ne bâtit la maison, c'est en vain que travaillent les maçons » (Ps. 126).
L'architecture est donc un art mystique et sacré, l'Art Royal, et au sortir du Moyen Âge, Philibert Delorme[1] dans l'introduction générale de son traité d'architecture, écrit en substance : «l'architecture est venue de Dieu et du Ciel (...) car Dieu est le seul, le grand et l'admirable architecte qui a ordonné et crée de sa seule Parole toute la machine du monde tant céleste qu'élémentaire ...»
L'architecture n'est donc pas une « invention » de l'homme, comme le souligne Ph. Delorme, rejoignant ainsi la pensée de Jean

Scot Erigène[2] qui précisait que cette création se fit «en si grand ordre, si grande mesure et si admirable proportion, que l'esprit humain, sans son aide et inspiration, ne peut les comprendre ».

Ce thème passera d'ailleurs de l'Ancien au Nouveau Testament, puisque saint Paul dira à son tour : « Toute maison est construite par quelqu'un et Celui qui a construit l'univers c'est Dieu »(Héb .3,4).

Dans le cas de la construction du temple, Dieu est l'architecte de sa propre demeure[3] et c'est par l'intermédiaire des prophètes qu'il révélera aux hommes les dimensions de sa propre Maison : « Ils Me feront un sanctuaire et j'habiterai au milieu d'eux. Ils le feront conformément à tout ce que je vais te montrer, selon le modèle du Tabernacle et de tous les ustensiles...».(Ex.25, 8-9)

Ne se révèle-t-il pas, en effet à Noé pour lui donner les dimensions de l'Arche à construire ; à Moise celles du tabernacle ; à Salomon celles du Temple de Jérusalem ; à Ezéchiel où celui-ci verra dans un songe les dimensions du nouveau temple à reconstruire?
Enfin dans l'Apocalypse de Jean, l'Apôtre ne reçoit-il pas, dans sa vision, les dimensions de la nouvelle Jérusalem? Architecte, il tient les instrument pour construire, mais c'est également dans un sens symbolique qu'il utilise ces outils.

Les outils des maçons sont présents dans les Écritures, et sont utilisés soit avec leur finalité propre, qui est l'usage que l'on en fait en tant qu'instruments « géométriques », servant à mesurer, soit avec un sens figuré, allégorique et emblématique, servant de support imagé à l'explication d'une règle ou sentence que le Prophète a employée, en se faisant l'interprète de l'Éternel.

Dans l'un et l'autre cas les références sont nombreuses, et nous ne pouvons les citer toutes. Nous en donnerons quelques exemples.

Le « cordeau » est souvent utilisé pour indiquer une mesure, en tant qu'instrument (ficelle ou corde) utilisé pour mesurer (I Rois 7, 15, 23 ; Amos 7:17 ; Zach 2:1, 2). Certains cordeaux à mesurer étaient divisés en « coudées », comme dans II. Ch. 4 , 2. On déterminait la surface d'un terrain en tendant ou en jetant sur lui un cordeau à mesurer. Le Seigneur l'utilise pour mesurer la terre, comme il est dit dans Job 38 : 4,5 : « Ou étais-tu quand je fondais la terre?- Qui en fixa la mesure, le saurais-tu?- Ou qui tendit sur elle le cordeau? ». Les constructeurs s'en servaient également pour tracer les plans d'une ville, comme nous pouvons le voir dans Job 31 ; 38, 39 : « Et le cordeau sera tendu sur Jérusalem » ...

Au sens figuré, le «cordeau à mesurer» représente une règle ou un critère d'action (Es 28 ; 10, 13). C'est ainsi que le Seigneur fit : « de l'équité le cordeau à mesurer », dans ses relations avec son peuple infidèle. Souvent il est associé au « niveau », ainsi : « je prendrai le droit comme cordeau et la la justice comme niveau » (Es.28 :10, 13).

Toujours chez le prophète Esaie, lorsque Dieu dut tendre sur Edom « le cordeau à mesurer le vide avec le niveau du chaos »; celà marquait la destruction, la désolation. Les mots « vide » et « chaos » signifiant, dans ce cas, l'état du monde d'avant la création. Toujours dans ce même verset, le cordeau est lié à la notion de mesure du Pays d'Edom et à sa désolation : « la main (du Seigneur) leur a partagé le pays au cordeau »[4] .

Le « niveau » existe lui aussi depuis la plus haute antiquité, il est appelé « mistiqéleth » ou « mishqolith » en hébreu. Nous l'avons rencontré dans les Écritures, souvent associé au cordeau, utilisé sur un plan symbolique.[4]

Ainsi dans II Rois 21;10,13 : « Parce que Manassé, roi de Juda, a commis ces abominations (...) je vais », dit l'Éternel, « tendre sur Jérusalem le cordeau de Samarie et le niveau de la Maison d'Akhab». De même qu'il avait « mesuré » la Samarie et la Maison du roi Akhab, et, les ayant trouvé moralement mauvais, il causa leur perte et leur destruction. Il jugea de même Jérusalem et ses chefs et causa leur destruction.

Le « fil à plomb » est cité, lui aussi, dans les deux sens, d'outil servant à mesurer la verticalité d'un mur ou tout simplement d'instrument servant pour la construction ; et également sous un aspect emblèmatique.

C'est ainsi que, lors de la construction du Temple, on voit Zorobabel tenant à la main un fil à plomb, ou plus précisément, la « pierre » comme on peut le voir dans Zach. 4 ; 9-10 : « ce sont les mains de Zorobabel qui ont posé les fondations de cette maison (...) qu'on se réjouisse en voyant la pierre dans la main de Zorobabel ». C'est lui qui posa les fondations du second Temple, et c'est sous sa direction que se fit l'achèvement .(Es.3 ; 8-10 et 6 ; 14-15).

Un autre exemple intéressant est l'utilisation, sur un plan symbolique cette foi, du fil à plomb, appelé « étain », qu'en fit le prophète Amos. Dans sa vision il voit l'Éternel posté sur un mur, initialement droit et bâti au fil à plomb, tenant cet instrument dans ses mains et lui disant : «qu'il mettait un fil à plomb au milieu de son peuple ».[4]

Il s'agit de la troisième vision celle de « l'étain » : «Voici ce qu'il me fit voir, mon Seigneur, debout sur une muraille d'étain, tenait de l'étain à la main». Le Seigneur s'adressa à lui en ces termes : «Que vois-tu Amos? - Je dis de l'étain - Mon Seigneur me dit : voici que je viens mettre de l'étain au milieu d'Israël, mon peuple».[4]
Les bibles, dans leurs commentaires de ce verset, sont d'accord pour interpréter le mot hébreux rendu ici par « étain », par « un niveau muni d'un fil à plomb », utilisé en maçonnerie et traduisent par « sur un mur un niveau (ou fil) à plomb à la main ».

Le sens de ce verset est celui-ci : Israël n'étant pas droit et ne se conformant pas aux exigences divines, l'Eternel allait rendre justice, le pays serait mis en désolation et les sanctuaires dévastés... La parole du prophète s'accomplit puisque Israël fut dévasté et la Samarie détruite, en 740 avant notre ère, par les Assyriens.

Le « compas », enfin, n'est mentionné qu'une seule fois dans les Écritures. C'est en Es.44 ; 13 où il est question d'un artisan confectionnant une « idole ». Le passage est extrêmement précis sur la manière dont l'artiste confectionne la statuette. Voici ce passage en entier : « L'artisan sur bois tend le cordeau, trace l'oeuvre à la craie, l'exécute au ciseau, oui, le trace au compas, lui donne la tournure d'un homme, la splendeur d'un être humain, pour qu'elle habite un temple ».[4]

La bible nous représente donc le Seigneur en tant qu'architecte tenant un niveau ou cordeau, soit dans un sens réel pour mesurer son oeuvre, soit dans un sens allégorique, pour donner un enseignement. Sa représentation tenant un compas et traçant un cercle pour dessiner l'orbe du monde se rencontre, en revanche, dans les bibles historiées du Moyen Âge.

Exercer un métier, c'est agir sur le monde pour le transformer ; c'est par conséquent prolonger l'Oeuvre de Dieu. Celle-ci est le modèle et la synthèse de tous les métiers, s'exprimera J.Hani, dans « les Métiers de Dieu »[L]. l'Artisan, l'ouvrier aura donc pour vocation de parachever cette oeuvre de création. Dieu est, en effet, le seul Artisan « Unus artifex es Deus », nous dit saint Clément de Rome. D'ailleurs, cette image nous est représentée dans la Bible, puisque le livre de la Sagesse (XI,20) dit en substance :« il a bâti le monde avec mesure, nombre et poids ».
La pensée de Jean Scot Erigène (810-877) va en ce sens, « qu'il s'agisse d'arithmétique, de géométrie, de musique ou d'astronomie, l'homme ne peut que découvrir les lois de l'harmonie, il ne peut les inventer ».

La Révélation s'est faite par l'intermédiaire des prophètes et se trouve consignée dans le Livre; mais elle se trouve également présente dans les lois de la nature, et percer ses mystères c'est s'approcher de la Connaissance de Dieu.

Pour l'homme du Moyen Âge, l'univers apparait comme un tout hiérarchiquement ordonné. Cet univers sort de Dieu et y retourne comme s'il n'était que le flux et le reflux de quelque immense marée...[6].

Le temple terreste est donc bâti à l'image du ciel, dans toutes ses proportions. Mais si l'homme bâtit de ses mains, c'est Dieu qui en est l'inspirateur. (Hébr. 3, 4).

Les « Oeuvriers de Notre Dame » ont bâti leur temple, c'est-à-dire l'église cette fois, non pour faire une belle oeuvre, dans le seul but de l'oeuvre pour l'oeuvre, mais pour « rendre grâce à Dieu venu habiter parmi les hommes afin de les sauver ». Car le Christ, lorsqu'il est venu sur la terre, s'est présenté, lui aussi, à l'image de son Père, comme un Architecte, lorsqu'il dit à Simon : « tu es pierre et sur cette pierre je bâtirai mon église...» (Mt 16 ; 18). (« Les oeuvres de Notre-Dame », publication de l'exposition de 1986 à ND. de Paris)

b. Architecture et scolastique :

Existe-t-il un lien entre la pensée scolastique et l'architecture ? Les évolutions de l'une ont-elle influé sur l'autre au point de marquer des grandes étapes dans l'oeuvre architecturale ?
E. Panofsky répond par l'affirmative[7] : « il existe, dit-il, entre l'architecture gothique et la scolastique une concordance indéniable, qui ne saurait être un effet du hasard et qui est si indéniable que les historiens de la philosophie médiévale ont été conduits à découper leur données en périodes exactement identiques à celles que découvraient dans leur domaine, les historiens de l'art ». A la

Renaissance carolingienne des arts, correspond le renouveau de la pensée philosophique qu'incarne J. Scot Erigène (810-877).

La première scolastique (Early Scholasticism) naquit au même moment et dans le même environnement que la première architecture gothique (Early Gothic Architecture), celle de St. Denis et de Suger. On admet généralement, que la scolastique classique (High Scholasticim) commence au tournant du XIIe siècle, au moment même où le système gothique classique (high gothic) connait ses premières grandes réussites avec : Chartres et Soissons. L'apogée de cette phase se situant sous le règne de St. Louis (1226-70).

C'est, dit-il, la grande époque des philosophes scolastiques, tels : Alexandre de Halès, Albert le Grand, Guillaume d'Auvergne, St. Bonaventure et St. Thomas d'Aquin et des grands architectes du gothique classique tels : Jean le Loup, Jean d'Orbais (N.D. de Reims). Robert de Luzarche (N.D. de d'Amien), Jean de Chelles (N.D. de Paris), Hugues Libergier (N.D. de Reims et Pierre de Montereau (N.D. de Paris).

Plus tard, la formation intellectuelle passera des écoles monastiques à des institutions urbaines, aux « écoles des cathédrales », à partir du XIVe siècle. Quoiqu'il en soit, c'est d'abord dans les cloîtres que « se réfugiaient alors ceux qui voulaient cultiver les arts ; aussi voyons-nous souvent, dans ce siècle, des abbés et des moines donnant eux-mêmes les plans de leur église. Pendant que l'exécution de la maçonnerie s'opérait, les religieux préparaient à l'avance tout ce qui devait compléter l'édifice et contribuer à l'embellir, c'est-à-dire les vitraux colorés, les statues, les boiseries sculptées, etc ».[8]

Ces quelques lignes empruntées à l'abbé J.J. Bourassé,dans son ouvrage sur « Archéologie chrétienne, ou précis de l'histoire des monuments religieux du Moyen Âge », montrent le role de fer

Fig 8

Trinité dans Notre-Dame de Chalons, Annales Archéologiques, V. Didron, (Bibliothèque municipale de Chartres).

ment et de catalyseur des arts et des sciences qu'on pu jouer les monastères depuis le haut Moyen Âge, ce que nous avons essayé de montrer dans le chapitre que nous leur avons consacré. Ce qui importe ici c'est de voir cette similitude entre cette forme de pensée dans le domaine de l'art et de celui du culte : « Tous ces travailleurs, membres d'une même famille, unis dans un même but et dans une pensée commune, opéraient d'après des principes traditionnels dont les types s'étaient conservés d'âge en âge, comme les pratiques du culte auquel ces oeuvres d'art étaient consacrées. De là cette analogie parfaite de formes et ces rapports frappants qu'on observe dans toutes les productions de l'art religieux du Moyen Âge, à quelque distances qu'elles se trouvent les unes des autres...».[8]

De plus, les liens et relations qui s'établissaient entre toutes ces sociétés religieuses étaient telles, que « les procédés nouveaux qui pouvaient être introduits dans l'art, ou les découvertes dans la science, ne pouvaient jamais rester longtemps ignorés...».[8]

La cathédrale image du monde ? E.Male le pense, lui qui écrit : « Pendant que les docteurs construisaient la cathédrale intellectuelle qui devait abriter toute la chrétienté » - allusion à saint Thomas d'Aquin - s'élevaient nos cathédrales de pierre, qui furent comme l'image visible de l'autre». [9]

E.Panofsky va encore plus loin en exprimant le lien qui unit l'une et l'autre et réciproquement. Il prendra l'exemple de Suger, abbé de Saint-Denis de 1122 à 1151. Suger aura, au dire d'E.Male, une influence décisive dans l'évolution et même la rénovation de l'art chrétien. Grâce à lui, écrivait-il, Saint Denis a été, à partir de 1145,« le foyer d'où un art rajeuni a rayonné sur la France et l'Europe ». Et aussi : « Je suis convaincu que l'iconographie du Moyen Âge lui doit autant que l'architecture, la sculpture, la peinture sur verre. L'abbé Suger fut, dans tous les domaines du symbolisme un créateur »[10]. Bref c'était le type même de ces

« hommes supérieurs » dans lesquels, affirmait-il, « la pensée de l'Église s'incarne ».

Certes, Suger a été le « patron des arts » de son temps, ce qui ne l'empêcha pas d'ètre le régent de France, durant la deuxième croisade. L'abbé Suger n'hésitait pas à parcourir lui-mème, la « forêt des Yvelines », dans la Vallée de chevreuse, pour « choisir et marquer des arbres d'une taille exceptionnelle qu'exigeait la charpente de son abbatiale », ou bien ne laissant à nul autre le soin de vérifier « au moyen d'instruments géométriques et arirhmétiques » le bon alignement de son nouveau chevet par rapport à l'ancienne nef.

Mais, souligne Panofsky, il y a dans son oeuvre quelque chose qui présente un grand intéret, c'est ce qu'il appelle une « métaphysique de la lumière ». (c'est d'ailleurs le titre du chapitre IV de son essai sur Suger).

Il aperçoit une analogie de processus dans le développement simultané, à partir d'un même centre, l'Ile-de-France et, durant le XIIe et XIIIe siècle, de la scolastique et de l'art gothique. L'un et l'autre, dit-il, évoluent suivant le même « mode opératoire », et durant les trois étapes de la clarification, mise en ordre et organisation. Reprenant une comparaison d'E.Male, il écrit : « Comme la Summa de la scolastique classique, la cathédrale vise à la totalité par synthèse et élimination ».

Panofsky ira plus loin. En effet, il fera, comme on l'a signalé plus haut, un parallèle entre la scolastique, c'est-à-dire la méthodologie de l'école (scola), et celle de la loge d'architectes. Il soutient que la mention ajoutée, après coup, sur l'Album de Villard de Honnecourt afin d'indiquer le chevet idéal qui s'y trouve représenté, a été trouvé par celui-ci et Pierre de Corbie en « discutant » entre-eux : « Villard de Honnecourt et Pierre de Corbie ont

Fig 9

Clochette romane XIIᵉ siècle. Annales Archéologiques, V. Didron, (Bibliothèque municipale de Chartres).

trouvé ce choeur en discutant entre-eux ».(voir figure) doit ainsi être formulé, faire expressément référence à l'emploi de la méthode scolastique des « disputations » ou discussions par « oui ou non », par argument pour ou contre, mise à la mode par le traité du même nom d'Abélard et organisé selon des règles formelles très strictes ».
Il y aurait donc selon Panofsky, un parallèle à faire entre les « doctores et magistri » que sont les théologiens - maîtres ès arts, docteurs en Sorbonne - qui « édifient » les fidèles, l'église-assemblée, et les architectes à qui également est conféré l'apellation de « magistri », et qui édifient l'église. Identité de démarche induit une identité de dénomination ou titre : Pierre de Montereau (ou de Montreuil) mort en 1126, précisément sous l'abbatiat de Suger est qualifié de « docteur des maçons », sur sa pierre tombale.

La démonstration brillante de Panofsky est basée surtout sur un exemple - Suger et St. Denis - mais a permis, en quelque sorte, de mettre en lumière un argument nouveau - à côté des anciennes conceptions classiques et romantiques, de « l'art imitant la Nature » et de l'individualité de génie inventant tout à partir de rien.

«L'art architectural, de son coté, étant représentation du monde, sera, par là-même, conception du monde, et cette conception dépendant de l'école, sera elle-aussi de nature théologique. L'architecture sera une théologie active du monde.

Ainsi, E.Male dans son ouvrage sur «Art et Artistes du Moyen Âge», dira en substance : « Les moines clunisiens, qui portèrent la sculpture jusqu'en Espagne, y virent la plus puissante alliée de la foi. Leurs tympans sculptés parlèrent désormais avec autant d'éloquence que leurs docteurs ».[11]
Les architectes et leurs« patrons », qui n'étaient autres que les clercs du chapître, avaient des « colloquia » ou « disputations », discussions , conférences, réunions d'étude ou de chantier.

Nous avons déjà cité les « disputationes » (discussions) entre architectes selon la méthode scolastique, entre Villard de Honnecourt et Pierre de Corbie, concernant le « chevet idéal ». Voyons maintenant les discussions entre les maîtres d'oeuvre (architectes) et les maîtres d'ouvrage ou commanditaires (clercs).

Les clercs du chapitre qui avaient passé commande du monument et en assuraient le financement, surveillaient de très près, comme nous allons le voir, l'exécution du chantier.

Nous avons vue l'abbé Suger cherchant lui-même les arbres pour son abbaye ; voyons maintenant un autre exemple intéressant, celui du chantier de la cathédrale de Rouen dans la seconde moitié du xve siècle.

Le chapître avait voté l'achèvement de la tour St. Romain et c'est l'architecte G.Pontif qui fut chargé de cet important travail. Pour des raisons d'économie, le chapître, après en avoir longuement délibéré, avait voté sur le fait que la tour soit terminée par une terrasse et écartait tout projet de pavillon.

Il semble que l'architecte avait fait un projet beaucoup plus ambitieux et, dépité par la décision du chapître, montrait peu de zèle à l'achèvement de la tour.

Le 4 Juin 1469 « les chanoines lui reprochant la lenteur qu'il apportait dans la continuation des travaux en cours, l'invitèrent à montrer plus de diligence à l'avenir ».

Ils chargèrent trois de leurs confrères de se rendre auprès de G.Pontif pour lui notifier la décision qui avait été prise de s'en tenir à une terrasse, craignant que la construction d'un pavillon ne les entrainent dans des dépenses hors des possibilités des finances de la fabrique.

Ils durent également « obliger G.Pontif à renoncer aux ornements superflus et de ne point viser à la perfection dans la taille des pierres qui seraient posées hors de la portée de la vue ».(Ch de Beaurepaire, 3e tome, 1903, p. 55)

Cependant ils furent pris d'hésitations et « déléguèrent quatre d'entre-eux pour conférer à ce sujet avec les bourgeois de la ville, échevins ou personnes connues pour leur goût artistique », et, à la suite de cette consultation, le projet de l'architecte fut définitivement adopté. Mais, comme il était coûteux, et comme ils l'avaient prévus, il absorba tous les fonds de la fabrique!

A l'initiative de l'architecte la construction d'un escalier monumental, permettant d'accéder à la librairie (bibliothèque) fut envisagé et accepté par le chapitre. Le 27 Avril 1479, les chanoines demandèrent le devis de cet escalier et l'approuvèrent ainsi que le plan de G.Pontif. Cependant, « le désir de perfection auquel l'architecte ne put résister, lui fit apporter quelques changements au devis ».(Ch de Beaurepaire, p. 55).

Tout en lui adressant des reproches, les chanoines l'invitèrent « à continuer comme il avait commencé et à en finir au plus tôt ». Des exemples comme celui-ci sont nombreux et montrent que les « discussions » devaient être parfois très serrées entre commanditaires et maîtres d'oeuvre, les uns essayant de terminer les travaux en fonction des finances dont ils disposaient, les autres cherchant constamment la perfection de l'art, sans tenir compte des possibilités financières qui, hélas, de tous temps, ont été l'élément déterminant dans ce genre d'affaires !

Un curieux document nous est parvenu et concerne la clôture du choeur de la cathédrale de Chartres, effectué par le maître maçon : Jehan de Beauce (voir plus loin) au XVIe siècle, et dont l'ornementation fut décidée par un contrat daté du 2 janvier 1519, entre les chanoines de l'église et un «maistre ymagier», c'est-à-

dire un sculpteur du nom de Jehan Soulas demeurant à Paris, « au cymetière St-Jehan, paroisse de St. Jehan-en-Grève ».(voir texte en fin de chapitre).
Ce qui est intéressant en cette circonstance, c'est de voir la répartition des tâches concernant ce travail.

Le « tailleur d'ymages », Jehan Soulas, n'intervenant que comme exécutant, les scènes, au nombre de quatre, représentant tout d'abord Joachim à l'âge de quarante ans et l'ange descendant du ciel et lui parlant ; puis la seconde représente Anne à l'âge de onze ans et l'ange descendant du ciel et lui parlant également ; la troisième représentant Jérusalem et en une des « portes dite porte dorée, arriveront Anne et Joachim »; enfin la quatrième figurera « Ste Anne couchée au lit et une femme qui tiendra la Vierge Marie et deux autres femmes ...».

Ces quatres scènes sont « pourtraictes et figurées de blanc et de noir sur deux pièces de toile présentement exhibées et délaissées au dit Jehan Soulas », pour, dit le texte, « faire lesdites ymages à la semblance dudit pourtraict ».

Qui a exécuté ce dessin? Un clerc, probablement, ayant des talents de dessinateur. Pourquoi, en effet, le sculpteur n'a-t-il pas « l'initiative » de cette scène?
Il semble que les images du « sacré » ne peuvent être dessinées librement par un artiste « laïc ». Probablement comme pour les « icones » de l'art byzantin, seuls des « religieux », étaient accrédités à faire ce travail !

c. L'angle "Sud-Est" du Temple.

Le coin « Sud Est » dans une église est souvent un angle privilègié. Lorsque les travaux de restauration n'ont rien retiré des marques d'origines, ce qui est bien souvent le cas, cet angle nous révèle souvent des marques du passage des tailleurs de pierres.

C'est ainsi que dans un rituel des maçons de métier anglais, nous pouvons lire : « Où le maître met-il sa marque sur le chantier?», et la réponse est : « A l'angle Sud-Est ».

J'ai déjà fait mention de cet endroit privilégié, dans l'article consacré au labyrinthe de la cathédrale de Reims, en mentionnant le fait que le premier architecte, présumé, Jean d'Orbais, y était représenté traçant les plans de son église. (voir dessin).

Souvent, nous rencontrons dans l'angle sud-est des églises, des marques de tailleurs de pierres, une tête de Maître d'Oeuvre placée en cet endroit, alors qu'elle n'a pas son pendant ailleurs, un signe, un détail particulier, comme si le Maître d'Oeuvre avait voulu « dire quelque chose »... (voir le chapitre sur les marques des tailleurs de pierres et celles repérées en cet endroit).

Qu'en est-il au juste ?

Dans un manuscrit des Anciens Devoirs des compagnons maçons anglais, le : Dumfries Manuscrit N°4. Nous trouvons la référence suivante :

- « Qui posa la première pierre de fondation duTemple? »
- « Hiram »
- « A quel endroit posa-t-il la première pierre ?»
- « Au coin Sud-Est du Temple »
- « Que dit-il lorsqu'il la posa ?»
- « Dieu nous aide ».

Cet emplacement serait donc lié à la pose de la première pierre du Temple.

Mais cette pierre de fondation, dans les églises chrétiennes est également mentionnée à l'angle Nord-Est ! Ceci complique donc nos investigations, sérieusement.

Dans un vieux texte médiéval, peu connu, parce que ayant appartenu à une ancienne fraternité initiatique, celle des « Frères en St. Jean », appelée encore : « St. Jean à l'Etoile Internelle », dont Charbonneau Lassay, auteur du Bestiaire du Christ, aurait été l'un des derniers membres, publié voici quelques années sans aucun commantaire, nous lisons ceci :

« La première pierre de l'édifice sera posée à l'angle du septention et de l'Orient », plus loin :
« C'est la pierre de fondation dont le Christ est la figure parfaite et c'est encore la pierre de faite dont le Christ est l'image incomparable ».
Ces deux angles, Nord-Est et Sud-Est, ont donc un sens symbolique particulier, qu'il nous faut maintenant expliciter. Dans une petite brochure consacrée à la bassique Ste Madeleine de Vézelay[12], l'auteur d'un article intitulé : « Architecture cosmique et mystique de la lumière », nous donne la clef de nos recherches : il déclare en substance : « placé au centre de la Nef et regardant le choeur, on ne verra jamais le soleil se lever au même endroit. Au solstice d'été, entre le 21 et 24 juin, le soleil se lèvera au Nord-Est, au solstice, entre le 21 et 24 Décembre, le soleil se lèvera au Sud-Est ».
Voilà donc l'explication que nous attendions. Ces deux angles sont donc liés aux ponts héliaques, au lever du soleil aux périodes solsticiales. L'auteur ajoute : « si la nef était parfaitement orientée, elle serait construite sur un axe à mi-distance de ces deux levers héliaques.»
Les églises étant tournées « ad orientem », c'est-à-dire vers l'Orient, l'abside de l'église donne donc sur le soleil levant. *

Il poursuit : « les projections de lumière qui se meuvent au rythme du mouvement de la terre autour du soleil pour atteindre des points aussi particuliers à des instants aussi précis conduisent à l'évidence aussi émerveillée que non seulement l'axe d'orientation de la nef, mais aussi sa structure interne, cet espace limité par l'architecture et empli de lumière, ont été déterminés en tenant compte de la position de la terre par rapport au soleil ; elles témoignent du voeux du bâtisseur d'établir la construction dans une relation avec le cosmos ».

Encore dans certains cas, c'est l'intérieur de l'église elle-même qui figure une représentation de l'univers : la voûte se trouve ornée des deux luminaires, le soleil et la lune (voir gravure), ainsi que de la voûte étoilée.

Dans les marques des tailleurs de pierres, nous retrouvons souvent une représentation des deux luminaires : soleil et lune, soit seuls, soit associés à d'autres symboles.

Pour comprendre cet ensemble symbolique, il faut se référer aux textes d'un doyen du chapître de Chartres au XIIe siècle : Durand de Mende.
Selon lui, le choeur d'une église est l'image du ciel, « entré dans le choeur, dans le ciel, en passant par la croix (qui est la poutre de gloire), on arrive à la gloire de la résurection » (Soc. Archéo. d'Eure et Loire, l'inventaire momumental. Selon Grégoire de Nysse, cette fois : « le jour de Noël, les ténèbres commencent à décroître et les jours à s'allonger. La création nous donne ainsi le sens de la fête ; le pêché, que l'Écriture compare aux ténèbres, après avoir atteint son paroxysme est détruit par l'apparition du Christ, lumière véritable ».
Quant aux jours des équinoxes : «A Pâques, les jours sont égaux aux nuits, et la lune étant à son quatorzième jour de sa course, n'a aucune partie d'elle-même, qui soit ténébreuse. Elle brille donc, elle-même, de l'éclat qu'elle reçoit du soleil. Ainsi, le jour de Pâques, la lumière luit le jour comme la nuit, sans que les ténèbres lui fassent obstacle ».[12]

Le solstice d'été marquera, quant à lui, avec la fête de St. Jean Baptiste, le triomphe de la lumière sur les ténèbres.

d. Les Arts libéraux

Les maçons anglais de métier donnaient connaissance à celui qui allait être libéré des liens de l'apprentissage et accéder ainsi au rang de compagnon maçon, de l'histoire traditionnelle du métier telle qu'elle se trouve dans les manuscrits anglais connus sous le nom de « Old Charges » ou « Anciens Devoirs », en français, et dont le plus ancien date de la fin du XIVe siècle. Ces Anciens Devoirs n'ont pas leur équivalent sur le continent.

Ces textes se compose en général de deux parties :
- une histoire légendaire du métier ;
- un ensemble de règles que devaient observer les maçons, tant sur le plan moral que professionnel : ce sont les « devoirs », proprement dit.

Au début ces textes ont du être « enseignés » oralement au candidat, puis, petit à petit, ils ont été rédigés et constamment recopiés au cours des temps avec des variations, des ajouts et des erreurs de copiste vraissemblablement.

Et c'est précisément dans cette première partie (histoire légendaire) que figurait une description des « sept arts libéraux ». La description se faisait de la manière suivante : « Dieu donna à l'homme l'entendement et le savoir de diverses sciences et arts », qui sont au nombre de sept, dont la plus importante est la Géométrie. Puis, « Vous devez avoir présent à l'esprit qu'il y a VII sciences libérales, grâce à ces VII, toutes les sciences et techniques de ce monde ont été inventées et en particulier l'une est à la base de toutes, à savoir la science de géométrie ».

Puis venait une description de ces sept sciences ou arts libéraux. « La première qu'on appelle fondement des sciences elle a pour nom grammaire, elle enseigne à parler correctement et à bien écrire. La seconde est la rhétorique et elle enseigne à parler avec grâce et beauté. La troisième est la dialectique et cette science enseigne à distinguer le vrai du faux. La quatrième est l'arithmétique, laquelle enseigne l'art des nombres, comment calculer et faire des comptes de toutes choses. La cinquième : la géométrie, laquelle enseigne toutes les dimensions et mesures, et calcul des poids des sciences de toutes sortes. La sixième est la musique qui enseigne l'art de chanter selon des notes pour voix, orgue, trompe et harpe et tout autre instrument de son ressort. La septième est l'astronomie qui enseigne le cours du soleil et de la lune et des autres étoiles et planètes du ciel.»

Ces textes font un développement important pour la cinquième science : la géométrie, en tant que science et mesure de la terre (géométrie vient du grec « géo » qui veut dire « terre » et « métrona » qui signifie la « mesure ») et comme art de bâtir, car l'on bâtit avec des instruments de mesure, comme le précisent ces textes : «... il n'existe aucun instrument au monde, c'est à dire d'outil de travail qui n'ait de proportions ».

D'où le lien avec la maçonnerie, comme il est indiqué clairement : «... la maçonnerie est l'élément principal de la géométrie ». Elle en est l'application dans l'Art de bâtir. Les textes nous renvoient à la Genèse 4; 20 avec la construction de la citée d'Enoch, construite par Cain, fils d'Adam, indiquant par là son antériorité : « c'est là que la science de géométrie et de maçonnerie fut pour la première fois pratiquée et mise au point comme science et art...».

Villard de Honnecourt parlera dans certains des feuillets de son Album (voir le paragraphe sur Villard) de « l'art de géométrie ». Quel est cet art de géométrie dont parle Villard? Il fait indiscutablement référence à une géométrie pratique que devait posséder l'architecte au XIIIe siècle. Art du raisonnement, cette science de géométrie était à la fois théorique et pratique. Appliquée à la coupe des pierres, c'était la science du « trait ».

C'est ainsi qu'au XVIIIe feuillet Villard nous dit : « Ici commence la méthode du trait pour dessiner la figure, ainsi que l'art de géométrie l'enseigne pour facilement travailler, et en l'autre feuillet vous trouverez celle de la maçonnerie ». On retrouve la complémentarité : Géométrie - Maçonnerie.

Nous avons rappelé que ces textes des maçons de métier anglais étaient rédigés par des clercs, Villard en était peut-être un? nous avons évoqué ce problème dans le paragraphe le concernant. N'oublions pas que « l'art de géométrie » se transmettait dans les monastères et, comme nous l'avons vu dans le chapitre d'introduction, bon nombre de maîtres d'oeuvre et d'architectes ont été des clercs « séculiers » ou « converts »!

Nous présentons maintenant, une représentation de cinq d'entre eux : la géométrie, l'arithmétique, la dialectique, la rhétorique et la Musique,telles qu'elles apparaissent dans un vitrail de la chapelle St. Piat à l'église N.D. de Chartres.

Cette verrière est décrite par E. Male, dans son ouvrage sur «L'Art religieux du XIIIe Siècle en France».

1. Dans la partie gauche de la fenêtre, au centre du quatre-feuille, la figure de la géométrie, Géometria se détache sur un fond rose elle tient d'une main une équerre, de l'autre, un compas au moyen duquel elle semble tracer des figures sur le sol.
2. L'arithmétique est placée dans le hat du quatre-feuille de droite. Elle écrit sur une tablette posée devant elle. Sur la tablette est écrite la phrase suivante : « l'art ici représenté est l'Arithmétique : il fait usage de ses dix signes empruntés aux indiens.»
3. Sur les autres lobes du quatre- feuille figurent : la dialectique, le rhétorique et la musique.

Ne figurent pas sur cette verrière l'Astronomie et la Grammaire.

— La Dialectique.

— La Musique.

— L'Arithmétique.

— La Rhétorique.

— La Géométrie.

Fig 10

Les Arts Libéraux : la Géométrie, l'Arithmétique, la Dialectique, la Rhétorique, la Musique. Petits vitraux de la Cathédrale de Chartres, dans bulletin Soc. Archéo. de Chartres.

Notes

1. Ph Delorme. Traité d'architecture- Épitre au lecteur p.4 édition de 1567. Curieusement cet épitre, si enrichissant sur la pensée de cet illustre architecte, disparut des éditions ultérieures.
2. E.Gilson, « La philosophie au Moyen Age », p.12 et suiv., Payot 1925
3. J. Hani, « Les métiers de Dieu », p.17, Les trois mondes.
4. Auxiliaire pour une meilleure intelligence de la Bible, Watchtower Bible and trait society, New-York. 1971.
5. J. Hani, déjà cité.
6. E. Gilson, déjà cité.
7. E.Panofsky, « Architecture gothique et pensée scolastique », éd. de Minuit.
8. J.J. Bourassé, « Archéologie chrétienne ou précis de l'histoire des monuments religieux du Moyen Âge », Tours, A. Mame, 1867. 7e éd.
9. E. Mâle, «L'Art religieux du XIIIe siècle en France ». Paris.
10. E. Mâle, déjà cité.
11. E. Mâle, « Art et Artistes du Moyen Âge », Paris.
12. La Madeleine de Vézelay, éditions Franciscaines, par Lescuyer, Lyon. 1983.

*. M.M.Davy,« La symbolique romane »,ed Flammarion,p.196 et suiv. a bien explicité le sens symbolique de l'Orient.

Elle dit en substance « le thème de l'Orient est le révélateur de toute une tradition. Les mots Orient et Occident figurent dans la Bible et chez les Pères de l'Eglise, liés au culte solaire.

« Orient désigne l'aurore, l'éclatement de la lumière ; à l'Occident la lumière disparait, la remontée s'opère et le mythe du retour s'accomplit. L'Orient possède toujours son sens de source et d'origine. Ainsi, la connaissance cosmique, dans la lumière de l'Orient, est une connaissance solaire. La lumière de l'aurore qui se lève correspond pour l'âme à son éveil sur le plan de la réalité. Dans l'ordre mystique, le terme « Orient », signifie « illumination ».

Dans la Bible, enfin, « le Paradis terrestre se situe en Orient (Gen.II.8), et, suivant la légende, les portes de l'Hadès étaient situées en Occident. Adam renvoyé du Paradis terrestre par la porte occidentale, est chassé d'Orient en Occident. L'ascension du Christ se place à l'Est (Ps. LXVII. 34) et le retour du Christ, se situe dans cette même direction (Mat. XXIV. 27)

Commentaires

Les rites de consécration des édifices religieux. (Bibliothèque Nationale : Sulpice BOISSÉRÉ, « Histoire de la cathédrale de Cologne », 1850.)

Ils font l'objet de cérémonies particulières. Nous donnons des extraits de ceux qui ont été décrits par S. Boisséré, dans son « Histoire de la cathédrale de Cologne », sachant que les faits, tels qu'ils sont relatés, sont peut-être empreint de « romantisme », donc détachés de la réalité historique, mais qui témoignent néanmoins, avec précision, des rites tels qu'ils ont pu être pratiqués au Moyen Âge.

Il y a, tout d'abord, la pose de la « pierre de fondation », avec une cérémonie particulière puis, lors de l'achèvement de l'église, la cérémonie de consécration ou de dédicace proprement dite, enfin la consécration de la pierre d'autel.

Nous donnons en annexe, un texte que nous avons trouvé dans les Annales Archéologiques, déjà citées, et qui reproduit un manuscrit du XVIe siècle, dans lequel figurent les éléments nécessaires pour la dédicace. (*)

Concernant la pose de la pierre de fondation de la cathédrale de Cologne, S.Boisséré écrit en substance : « Après les prières et les cantiques préparatoires, l'archevêque pris le ciseau et le maillet pour graver, avec l'assistance de l'architecte, une figure de la croix aux quatre angles, et au milieu de la pierre fondamentale, dans l'intérieur de laquelle on avait enfermé le procès-verbal de la cérémonie, quelques empreintes de cire bénite, des pièces de monnaie, et d'autres objets qui se rapportaient plus ou moins à l'époque, au lieu et aux circonstances de la cérémonie ...».

Il poursuit, plus loin :

« Il bénit ensuite la pierre, l'aspergea d'eau bénite, et l'abandonna aux ouvriers qui descendaient dans la fosse ; après quoi l'archevêque y descendit, lui-même (...), y jeta du mortier avec la truelle, donna le coup de marteau et posa la deuxième pierre sur la première ... et la truelle et le marteau passèrent de main en main jusqu'à l'architecte et aux ouvriers, qui travaillèrent ensuite sans interruption. Pendant qu'on chantait des cantiques des airs religieux, l'archevêque fit trois fois, avec tout le clergé, le tour des fondations, les bénit et les consacra ...

La consécration de l'édifice, fait l'objet d'une cérémonie particulière, dont les textes nous donnent des détails précis (*).

Toujours dans l'ouvrage de S.Boisséré, nous découvrons le rite de consécration de la cathédrale de Cologne :

« A l'exemple du roi Salomon, qui fit transporter dans le Temple l'Arche d'Alliance et le Tabernacle, on porta en procession les ossements des saints sous une tente établie devant la nouvelle église, qui resta fermée. Les ouvriers avaient élevé dans l'intérieur, un autel, et tracé sur les colonnes principales douze croix devant lesquelles étaient allumés des cierges.

Après que les chasses renfermant les saintes reliques eurent été placées sous la tente, l'archevêque, les évêques et tout le clergé, vêtus de blanc et suivis par tout le peuple, firent trois fois le tour de l'édifice, et chantant des cantiques ; l'archevêque aspergea d'eau bénite tous les murs extérieurs, et ne manqua pas, à chaque tour, de frapper avec sa crosse à la porte de l'église, selon les rites accoutumés ; à la troisième fois, la porte s'ouvrit, et l'archevêque entra en prononçant ces paroles : « paix soit à cette maison et à tous ceux qui y demeurent, paix à ceux qui y entrent et à ceux qui en sortent. Alléluia! ».

Nous présentons à la fin de cet article, une gravure représentant la dédicace d'une église . Cette gravure reproduit un vitrail du XIIIe siècle qui décore l'abside de la cathédrale de Chartres. Mais avant d'en donner une description plus précise, poursuivons la lecture du texte de S.Boisséré.

Il y eut les évêques, des écclésiastiques, les assistants, l'architecte et un couple d'ouvriers qui l'accompagnèrent ; le reste du clergé et le peuple attendaient devant la porte, faisant retentir l'air de leurs chants ; alors l'archevêque et sa suite s'avancèrent jusqu'au pied de l'autel et y demeurèrent longtemps prosternés en prière ; ensuite on répandit des cendres sur le pavé de l'église ; et pour marquer que c'était une maison consacrée à cette doctrine dont Jésus-Christ est le commencement et la fin, l'Aplha et l'Oméga, avec l'extrémité de sa crosse, traça sur la cendre répandue toutes les lettres de l'alphabet, depuis la première jusqu'à la dernière ; de l'angle sud-est à l'angle nord-ouest, il écrivit l'alphabet grec, et de l'angle nord-est à l'angle sud-ouest, l'alphabet latin, de sorte que les caractères formèrent une croix dont les lignes se coupaient diagonalement ; ensuite on aspergea l'autel ; puis on invoqua le créateur tout puissant, le Grand Architecte de l'Univers...».

Puis, il poursuivit : «...On le supplia d'accorder de la durée et de la solidité à cette maison, d'en éloigner les mauvais génies et d'y faire descendre les anges de la paix ; puis, après avoir fait trois fois le tour à l'intérieur de l'église, avec de fréquentes aspersions, l'archevêque se plaça au milieu de l'édifice, et, se tournant vers les quatres points cardinaux, il y répandit de l'eau bénite en forme de croix, invoquant le S aint-Esprit et le priant de descendre sur cette maison dédiée à la sainte Croix et à saint Pierre et de la remplir de sa splendeur ».

Revenons, maintenant au vitrail décrit plus haut. Ce petit vitrail circulaire est séparé en deux demi-cercles. Dans la partie de gauche, un jeune ouvrier, monté sur son édifice, semble ravaler le portail principal ; il tient un instrument dans ses mains rappelant la brette ou la boucharde. Il porte le même costume que ceux que nous avons rencontrés dans d'autres présentés dans cet ouvrage et montrant des artistes

du moyen Âge. Dans le demi-cercle de droite nous voyons l'évêque, faisant le tour extérieur de son église ou de sa chapelle, et qui la consacre. C'est l'abside qui est probablement représentée sur cette gravure.
«L'évêque est décoré d'un nimbe autour de la tête comme les saints. Il porte une mitre assez basse et timbrée de deux petites croix que cantonnent quatre points ; c'est la mitre du XIIIe siècle. mais, en revanche, le manteau, chasuble ou chape, dont il est revêtu, est assez particulier?

La petite croix que tient l'évêque, et que l'on voit rarement dans les mains de nos figures gothiques, mais très souvent, au contraire, dans celles des images byzantines, est encore un fait à constater». (*)

Ce petit vitrail illustre bien la complémentarité entre métier et religion, comme nous avons essayé de le montrer tout au long de cet ouvrage.

(*)- Bibliothèque Municipale de Chartres, Annales Archéologiques.
En complément de ce qui vient d'être dit, nous citons ce texte du XVIe siècle figurant dans les Annales Archéologiques, indiquant :

le matériel nécessaire à la dédicace d'une église

L'auteur l'aurait trouvé aux Archives des département du Cher, parmi les papiers de l'archevêché. Le voici :

C'est la déclaration de ce qui est nécessaire à dédier une église : Douze chandeliers de fer pour attacher en la muraille, esquels seront les croix paintes - Douze cierges de demye-livre chascun - Une eschelle bienforte - Douze Tombellérées de sable passé - Une tynée de cendres passées - Un ballay - Ytoys palles de boys - Une douzaine de cousteaulx de boys - Demy boisseau de cyment passé - Demi boisseau de chaux - ***Ung maçon avec sa truelle, marteau, maillet et çizeau*** *- Force ysoppe - Trois perches pour faire les asperges - Deux tynées d'eau - Ung baston à porter la tyne - Deux escuellées de sel - Une pinte de vin blanc - Quatre pouppées d'estouppes - Cinq croix lavées sur chascun autel - Cinq petits pertuys, au milieu de chascun autel, sur le front de devant - Une pierre juste pour bouscher ledit pertuys ».- Puis « Ung pelotton de ficelle - Ung bassin à laver les mains - Deux serviettes - Deux aiguières - Du pain pour faire sallières - Deux livres d'encens - Le cresonyer - Des reliques - Du plomb battu - Du sandal - Cinq chandelles de suif pour chascun autel - Deux sacs de charbon - Deux livres de grosses chandelles de suif - Deux chandeliers de cuivre - Un pinte de vin - Ung pain - Deux verres - L'encensier - Une chappe - Deux courtibauds - Trois aulbes - Force boys pour faire les feux tout à l'entour de l'église - Fault oster tout ce qui est dedans l'église et la mettre toute nue - Fault faire ung pavillon à l'entrée de la grand'porte de l'église - Il convient avoir force prestres pour chanter toute la nuit.*

Nous voyons que les seuls ouvriers présents à cette cérémonie sont les maçons avec leurs outils (truelle, marteau, maillet et ciseau ...)

CHAPITRE IV

Le maçon médiéval

Le maçon médiéval

Et ils remettaient l'argent qui avait été compté, aux mains de ceux qui faisaient le travail et qui étaient préposés à la Maison de l'Éternel. Et ceux-ci en usaient pour payer les bâtisseurs qui travaillaient à la Maison de l'Éternel, ainsi que les maçons et les tailleurs de pierres...

II. Rois, chap 12 ; 11-12

L'étude du maçon médiéval se présente à nous par l'intermédiaire d'un certain nombre de textes d'origines et de formes très différentes.

1. D'une part, une ensemble de textes non « officiels », histoire légendaire du métier, règles diverses et usages que doivent observer les maçons, tant sur le plan moral que professionnel, et coutûmes de la corporation, qui sont les « devoirs » proprement

dits, et qui furent rédigés par les clercs à l'usage des maçons.

Ces textes sont les « Old Charges » d'origine anglaise ou écossaise et je dois dire que nous n'avons pas leur équivalent dans les archives françaises.

2. D'autre part, des textes « officiels », rédigés par (ou pour) une corporation et réclamés par une autorité, par exemple l'Église ou le souverain, à un moment donné, pour définir et fixer les règles que la dite corporation devra observer vis-à-vis d'elle.

Ces documents sont en revanche, très nombreux dans notre pays, et c'est donc d'eux dont nous allons parler.

Ce sont essentiellement des extraits des registres des comptes de la Fabrique, ou registres capitulaires, rédigés par les clercs, d'abord en latin, puis en langue vulgaire, qui employaient les maçons sur les grands chantiers écclésiastiques. Ces documents sont pratiquement inexistants avant le XIIIe siècle. Ils sont, en revanche plus nombreux au XIVe et surtout au XVe siècle.

Ils constituent des marchés conclus avec un maître maçon, un contrat, un rapport d'expertise, ou bien des règlements de chantiers, comme ceux de l'Oeuvre de la cathédrale de Rouen (vers 1445)...[1]

Un autre catégorie, non moins, intéréssante, est celle constituée par des statuts rédigés souvent sous l'égide d'une autorité officielle émanant du pouvoir royal ou de l'un de ses représentants, ou du pouvoir communal.

Nous avons, dans cette catégorie les « Statuts des Maçons et Architectes de Montpellier (1586) » ; ainsi que les « Ordonnances et Articles de la Guilde des Tailleurs de Pierres de la Grande Loge de Strasbourg », rénovés à la Saint Michel 1563, dont nous donnons un résumé dans un chapitre ultérieur.

Nous mentionneront à part, le «Livre des Métiers» d'Etienne Boilleau daté de la fin du XIIIe siècle, avec le quarante-huitième statut concernant la Corporation des « Maçons, tailleurs de pierre, mortelliers et platriers ».

Enfin, dans une dernière catégorie, nous mettons les textes concernant les confrèries ouvrières ou associations religieuses sous le patronage d'un Saint Patron[2], comme celle des « Peyriers de Montpellier (1365) », ou celle relative aux « métiers de maçons de la ville d'Amiens (1407) » ; les contrats d'allouement d'apprentis par un maître maçon etc...

Outre le texte, un certain nombre d'enluminures, de dessins, de pierres tombales représentant des maîtrse d'oeuvres avec leurs outils, des vitraux montrant les maçons et les tailleurs de pierre ainsi que les ymagiers au travail, nous fournissent des renseignements complémentaires pour notre étude.[3]

a. Première partie

Examinons tout d'abord la question de la Terminologie : les bâtisseurs du Moyen Âge sont désignés par des termes tels que : Maître d'Oeuvre, Lathomus, Cementarius, Machons, Maçons ou Peyriers dans le Midi de la France, et par bien d'autres termes encore. Le premier : Maître d'Oeuvre est certainement celui qui est le plus mal défini. Il regroupe, en effet, des fonctions diverses que nous avons du mal à appréhender aujourd'hui. Dans les textes médiévaux, ils pouvaient, suivant les cas, désigner un laïc, un clerc gestionnaire de la fabrique ou bien un architecte, c'est-à-dire un maître maçon ou un maître charpentier de l'oeuvre.

Antérieurement au XIVe siècle, il ne reste guère de documents concernant la maîtrise de l'oeuvre dans les grandes constructions gothiques. Les textes que nous possédons nous mettent en présence de personnages nommés « magister opéris », « magister opérum », ou « magister fabrice », c'est-à-dire : maître de l'oeuvre, maître des oeuvres ou maître de la fabrique.

Le mot *fabrique* désigne la masse des biens consacrés à la construction et à l'entretien des églises. L'oeuvre ayant plutôt une fonction administrative et financière. Dans certains cas, il est vrai, ces termes désignent des hommes du métier. A chaque fois que nous voyons le mot *« lathomus »* à la suite de ces qualificatifs, alors aucun doute n'est plus possible.

Dans le cas contraire, qu'ils appartiennent au chapître ou qu'ils soient des laïcs, ces maîtres d'oeuvre sont des gestionnaires de la fabrique, des comptables chargés d'encaisser les sommes destinées aux travaux d'édification, de payer les ouvriers, de surveiller leur présence, de se charger de l'approvisionnemant en matériel de chantier.
En ce qui concerne les hommes du métier, les choses semblent un peu plus simples, tout du moins au premier abord. Ils sont dési-

gnés par des termes différents qui semblent correspondre à des fonctions ou de degrés de qualification différents.

A la fin du XIIIe siècle à Rouen, nous trouvons le terme de *« cementarius »* associé aux noms des premiers architectes de la cathédrale. C'est ainsi qu'Ingelram, que l'on trouve parfois désigné sous le nom de Enguerram (son nom latin étant Engerrannus) aurait commencé en 1200 de tracer les plans de l'église Sainte Marie. Les chroniques disent : qu'il lui a fallu moins d'un an pour « élever les grands murs de la nef, augmentée en longueur de quarante pas pour construire le portail occidental avec les deux tours ». Il montra ensuite, parait-il, moins de diligence et fût, pour cela, congédié par l'abbé, qui mit à sa place Gautier de Meulan, à qui revient le mérite d'avoir achevé l'édifice (magistro Walterie de Mellento).[4]

Nous pouvons faire ici plusieurs remarques. La première est le constat suivant : les maçons étaient employés par l'Église qui avait le pouvoir de les muter d'un chantier à un autre selon son bon plaisir. La seconde, c'est que, lorsque les clercs décidaient de contruire un édifice, ils faisient appel, individuellement à tel ou tel maître maçon dont la notoriété en matière d'art de bâtir devait être connue. Il serait, d'ailleurs, intéressant de savoir comment cette notoriété était connue, et d'autre part, selon quel critère on choisissait tel maître maçon plutôt que tel autre ? Ceci nous laisse entendre que les maçons en France n'étaient pas sous la juridiction de Grandes Loges de métier comme c'était le cas, à peu près à la même époque, à Cologne où toujours selon des textes « Maître Gérard, qui avait donné les plans du gigantesque édifice, commença les travaux ; et deux ans après, en 1250 on fondait la Grande Loge des Tailleurs de pierres de Strasbourg (Bauhutte de Strasbourg).
En Angleterre, les textes de Olds Charges (ou Anciens Devoirs) nous relatent, pour cette période et même pour des époques plus anciennes, l'existence d'assemblées annuelles regroupant les

maçons de tout le pays (comme celle qui semblerait avoir eu lieu à York en 925) sous l'initiative du roi Athelstan puis de son fils Edwin. Nous n'en avons pas, bien sûr, la preuve formelle, ceci n'a peut- être qu'un aspect légendaire, mais, malgré tout, cela montre une organisation du métier différente de celle qu'il a pu avoir en France.

Cette parenthèse étant fermée, revenons à notre sujet : tous les successeurs d'Ingelram, à partir des années 1230, sont désignés sous le même nom. Vers les années 1234, en effet, Eude d'Eauplet, est repéré sous le qualificatif de « magistro Odone cementario », puis en 1253 par « magistri Odonis de Eauplet lathomi », enfin à la même époque on le retrouve sous la dénomination de « magisto Odoni le machon de Eauplet », ce qui montre que les termes correspondant à une qualification professionnelle donnée n'étaient pas fixés, à moins que l'ouvrier ait été appellé différemment suivant le travail qu'on voulait bien lui confier.

Cependant, à partir du XIVe siècle, c'est le terme « lathomo » que nous rencontrons. C'est la période où les maçons «prêtent serment devant le chapitre » et deviennent «Maître juré et Maître de l'Oeuvre de la Cathédrale ».

C'est le cas pour Jean Perrier en 1362, qui était à la fois, maçon et ymagier. Les textes nous apprennent que le chapitre lui avait réservé une chambre particulière attenante à la « loge aux maçons », de plus la fabrique lui fournissait les matériaux et autres instruments nécessaires à son travail.

A Chartres, les textes sont muets jusqu'en l'an 1300. Nous ne savons donc pas qui a conçu le plan de l'église Notre-Dame, ce qui est bien dommage! A moins que l'on trouve un jour un texte oublié dans les Archives... Nous savons, en revanche, d'où ils venaient. Dans la lette écrite en 1145 par Hugues, archevêque de Rouen, à Thierry, évêque d'Amiens, celui-ci fait l'éloge des Normands qui vont à Chartres pour aider à la construction de la cathédrale, comme je l'ai évoqué plus haut.

Le premier à être connu est Jean des Carrieres qui en 1300 prête serment pour devenir maître maçon juré de l'Oeuvre. Nous le trouvons sous le terme de « Johannes de Carrière, lathomus » puis à côté ayant la fonction de « Juravit fabrice ecclesie », c'est-à-dire Maîte juré de l'Oeuvre.
Nous ne pouvons citer tous les exemples, mais nous voyons, une fois l'église construite, des maçons se fixer à demeure, pour devenir maître de l'Oeuvre pour le maintien et l'embellissement de l'édifice, où il doivent prêter serment devant les clercs, comme nous venons de le voir. Les textes nous apprennent que les « loges se trouvaient le long de l'église du côté sud ». D'autres, nous apprennent que, près du clocher sud, se trouvait la « maison des chapiteaux (appellée aussi : Maison d'Ardoise), puis la maison de l'Oeuvre à l'usage du Frère et des ouvriers de la fabrique et, à la suite, les loges, jusqu'aux marches du portail méridional ».[5]

Pour terminer avec ce sujet, je rappellerai la classification que faisait le moine Hugues de Saint Victor[6] qui énumérait ainsi les hommes du métier : « l'Architecture se divise en maçonnerie (cementaria) qui concerne les tailleurs de pierre (lathomus) et les maçons (cementarius), et en charpenterie qui concerne les charpentiers (capentarius) et les menuisiers (tignarius) ». Il semble, d'après ce qui précède, que « lathomos » concernerait plutôt celui « qui donne à la pierre sa forme » et « cementarios » celui « qui la pose et la lie aux mortier ».

H. Stein, dans son livre intitulé « *Les Architectes des Cathédrales Gothiques* », paru en 1901) signalait, en outre, que le mot « lathomus » et son équivalent « lapicida » ont originellement désigné le tailleur de pierre, mais à l'époque gothique, ils servent le plus souvent à désigner les architectes les plus célèbres, ceux qui ont occupé les plus hautes fonctions.

Ces extraits des registres des comptes des fabriques sont des sources inépuisables de renseignements sur les maçons, nous ne pouvons les signaler tous. Je citerai pour mémoire, un rapport d'experts effectué à Chartres en 1316, où, sur la demande des clercs de l'Oeuvre, l'on vit des maçons venus de Paris, dont les noms étaient totalement inconnus jusqu'alors, tels : Jacques de Longjumeau, Nicolas de Chaumes, Pierre de Chelles, tous mandés par le chapitre pour constater et réparer les défauts de la cathédrale peu après son achèvement. Ce genre d'expertises n'étaient pas rares puisque nous avons deux autres exemples identiques : la visite et le rapport faits par les experts au sujet de la tour centrale de l'Abbaye de Saint Ouen de Rouen qui, en 1440, menaçait de tomber en ruine. Ce fut Colin de Berneval, fils d'Alexandre de Berneval qui venait de mourir en 1440, qui fut chargé de cette édification. Pour trouver les fonds qui manquaient, les religieux pouvaient vendre ou engager les riches « calices et les riches ornements du trésor », ce qui dût arriver bien souvent pendant tout le Moyen Âge. Au bas de la pièce étaient placés les trois sceaux de maîtres maçons.

Le mercredi 4 Octobre 1514, la grande tour centrale, dite « l'Esguille » de la cathédrale de Rouen, ayant été réduite en cendres, le chapitre incertain sur le nouveau mode de reconstruction à employer, soit en pierre, soit en bois, fit, en 1516, appeler à Rouen, pour l'aider de leurs conseils, en même temps que Rolland Leroux qui était leur maître d'oeuvre, quatre maîtres maçons de Chartres, de Beauvais, de Honfleur et de Carentan.

Un document fort curieux qui nous a légué le Moyen Âge est sans conteste le « Livre des Métiers » d'Etienne Boilleau.

Le roi Louis IX (St-Louis), dans le souci de mettre de l'ordre dans l'annuaire des métiers, confie à Etienne Boilleau en 1258 le soin de répertorier les métiers. Celui-ci divisa les artisans et ouvriers en différents corps concernant 150 métiers. Son « Livre des Métiers » fut rédigé entre 1261 et 1269. Il fut d'abord une compilation des usages anciens, puis de nouveaux règlements énumérant les droits et les devoirs des maîtres et ouvriers concernant l'excercice de chacun des métiers parisiens, l'organisation des confréries, les procédés de travail et de fabrication.

Le XLVIIIe Statut concernant, en particulier, la corporation des « Maçons, Tailleurs de pierre, Mortellies r et Platriers », commence ainsi : « Le roi qui règne aujourd'hui, à qui Dieu donne vie, a accordé la maîtrise des maçons à maître Guillaume de Saint Pallu pour le temps qu'il lui plaira ».

On peut se poser la question de savoir si Guillaume de Saint Pallu était le maitre des maçons parisiens, mais aussi le Grand Maître de tous les maçons du Royaume ? Et si tel était le cas, existait-il une Grande Loge, comme il en existera un siècle plus tard à Strasbourg?

Il est difficle de répondre car aucun texte ne mentionne l'existence d'une telle Grande Loge dans notre pays et nous ne voyons pas une organisation structurée et hiérarchisée des maçons ou même l'existence d'une quelconque assemblée annuelle à laquelle ils seraient conviés !

Un des articles concernant les faiseurs de mortier et tailleurs de pierre stipule qu'ils « sont quittes du guet depuis le temps de Charles Martel comme les prud'hommes l'ont toujours entendu de père en fils ».

Le Ms. Cooke (1420) indique que « cette noble science de maçonnerie fut importée en France et en bien d'autres régions. Il y eut autrefois un noble roi de France qui s'appelait Charles II et ce roi Charles fut choisi roi de France par la grâce de Dieu et aussi de sa naissance. (...) Ce même roi Charles fut maçon avant d'être roi. Après être devenu roi il accorda aux maçons affection et protection et leur donna instructions et coutumes de son invention qui sont encore en usage en France. Il leur ordonna de tenir une assemblée une fois par an, d'y venir discuter et prendre des mesures, maîtres et compagnons concernant tout ce qui n'irait pas ».

Le rapprochement entre ces deux textes est curieux à plus d'un titre. Il est dommage que les textes, en France, soient muets sur les ordonnances édictées par Charles II, dont le « Livre des Métiers » mentionne le nom.

La dernière catégorie de documents concerne les confrèries religieuses, souvent d'ailleurs associées aux corporations. Nous y reviendrons un peu plus loin, mais au préalable, nous soulignerons que tous les corps de métiers ont eu une confrérie religieuse, corollaire de la corporation, ayant un caractère à la fois charitable et religieux, établi dans la chapelle d'une église. La confrérie, comme le souligne P. Naudon, « était soumise à l'autorité ecclésiatique, son but était de faire, avec le produit des biens, de larges aumônes, nourrir les confrères indigents, faire dire des messes, tant pour les vivants que pour les morts, et s'occuper de diverses oeuvres de charité ».
Le « Livre des Métiers » mentionne déjà au XIIIe siècle, l'existence de « la boite » ou de « l'aumône » dans une vingtaine de métiers. C'est ainsi que nous voyons en 1365 les tailleurs de pierre de Montpellier réclamer des statuts et pour cela s'associer et nous révéler l'existence de leur confrérie religieuse dont le but est « l'accroissement des aumônes de la charité de leur métier qu'il est communément coutume de faire à Montpellier en la fête de l'Ascension du Seigneur ».
Les « charités » des métiers se faisaient le jour de l'Ascension. Cette tradition semble largement répandue à cette époque, puisque nous voyons à Chartres les maçons qui « avaient choisi Saint Denis comme saint patron mais que, pour indiquer l'élévation de leurs contructions, avaient adopté une représentation de l'Ascension ».

Les charités avaient pour ressources les taxes perçues lors de l'entrée en apprentissage ainsi que toutes les amendes infligées lors d'infractions constatées dans l'exercice du métier. Elles avaient pour but essentiel de secourir les pauvres du métier et faisaient également célébrer des messes pour les morts. Dans les églises, où étaient établies les confréries, brûlait éternellement devant l'autel du saint patron, une lampe symbolique.

A Montpellier la « lampe des peyriers » brûlait en permanence à l'église de Notre-Dame des Tables. Celui qui était chargé de s'en occuper était le « lampier » ou « lampérier ».

En 1407 à Amiens les maçons créent leur confrérie religieuse. Le texte stipule que « la confrérie des maçons possède un cierge qu'elle porte dans les processions de la Fête-Dieu et de la fête patronale ». D'après l'ordonnance suivante, en date du 15 juin 1407, tous les maçons résidant à Amiens sont tenus « d'estre dudit cierge », c'est-à-dire de faire partie de la confrérie. Le gardien est ici le « sergent ou clerc du cierge », c'est lui qui reçoit les amendes et autres redevances.

Signalons enfin, que le médaillon de Reims, représentant un « maître d'oeuvre » (voir dessin), est un des lobes de la petite rose du bas-côté nord, dont le médaillon central représente l'Ascension. Les textes relatifs à des « contrats d'allouement d'apprentis ou de manoeuvres » sont intéressants à plus d'un titre. Ils nous apprennent, tout d'abord, comment on entrait dans le métier, la durée de l'apprentissage, les devoirs du maître, ainsi que ceux de l'apprenti.

Ainsi à Rouen, nous trouvons les textes suivants :

« 27 Mai 1409 : Colin Anquetil, demeurant à Rouen, confesse, s'être alloué à Sandrin de Berneval, maçon, pendant une durée de six ans, pour lui servir dudit métier de maçonnerie au mieux qu'il s'aura et pourra de faire ; et le dit maçon (machon) lui sera tenu de lui donner à boire, à manger, du feu, un lit, l'héberger, lui montrer la science dudit métier ; et il sera tenu de lui payer pour le temps requis la somme de 22 livres tournois pendant l'accomplissement dudit service »

Suivant les cas, la durée de l'appentissage sera variable, en moyenne de deux à cinq ans, chez les maîtres maçons rouennais.

Un siècle plus tard, à Chartres cette fois, 1508, Jean de Beauce prend à ses services un petit apprenti : à qui il devra enseigner le métier. Celui-ci vient avec sa mère, le jeune apprenti travaillera trois ans avec son maître ; il promet de le « servir bien et loyalement », en contrepartie Jean de Beauce a promis, selon le contrat, de « l'instruire en son dit métier de maçon, lui administrer boire et manger et autres choses nécessaires à vivre », de plus, en ce qui concerne le métier, il doit « lui fournir tous les outils nécessaires au dit métier durant le dit temps» (...).

b. Deuxième partie.

Le maçon du Moye Âge, était, nous l'avons rappelé, dans l'Eglise où les rapports qu'il avait avec les clercs, n'étaient pas uniquement ceux d'employeur à employé.

Si les clercs se sont occupés des maçons pour écrire une histoire légendaire de leur métier en Angleterre, c'est que ces rapports, se situaient sur un autre plan, celui d'hommes partageant la même foi chrétienne.

Beaucoup d'auteurs s'accordent à dire que les premiers maçons ont pu être des clercs, ou tout du moins des laics rattachés à des monastères (frères convers, oblats, etc). E. Lambin, souligne que :« au XIe siècle les bénédictins étaient devenus de très habiles constructeurs et que l'on peut les considérer comme les créateurs de l'architecture romane...». On l'a prétendu pour Villard de Honnecourt, ainsi que pour Ingelram le premier maître d'oeuvre de Notre-Dame de Rouen. C'est le cas, en particulier, pour cet ymagier de l'abbaye de Montierender, près de Saint Dizier (Haute-Marne), qui était un moine.

Les clercs qui employaient des maçons, édictaient parfois des règlements à l'usage des maçons qui travaillaient sur le chantier de la cathédrale.

On a ainsi à Rouen le « règlement pour les maçons employés à l'oeuvre de la cathédrale » (vers 1445), qui commence par ces mots : « il s'ensuit dans cette ordonnance la manière dont les maçons de Notre-Dame de Rouen doivent oeuvrer...». Le texte prévoit que les maçons « à toute époque de l'année doivent venir travailler quand le sacrement de la messe Saint-Pierre est fait et commencer quand elle est dite. » Il fixe la durée du travail selon les périodes de l'année, le temps accordé aux maçons pour leur repas qui sera fait dans la loge (« et doivent déjeuner dans la loge quand prime sonne de volée jusqu'au commencement de prime en coeur »), le temps accordé pour leur repas. Le texte indique en outre, qu'ils devront prendre « leur vin de none quand none Notre-Dame va de volée jusqu'au premier son des vêpres ». Enfin, comme il est souvent mentionné dans les anciens comptes : « ils seront payés du mouton de l'Ascension et du vin de la Saint Martin».
Jean de Beauce, en 1506, lorsqu'il construira la flèche gothique de Chartres, recevra des clercs du chapitre : « un muy de blé et un tonneau de vin », en plus du salaire en espèces.

Le vin donné aux maçons ou aux ouvriers travaillant à la construction du temple se rencontre déjà dans la Bible. En effet, nous trouvons en II, Ch. 2 ; 8-10, à propos de la construction du temple de Salomon : « à ceux qui battent le bois... je donne du blé comme nourriture, pour tes serviteurs, et de l'orge et du vin ». Or cette coutume s'est perpétuée pendant tout le Moyen Âge.

Une coutume fort curieuse est indiquée par Ch. de Beaupaire, dans son mémoire sur les architectes rouennais au Moyen Âge. (1901 à 1903). Elle consistait pour les maçons, avec la participation des clercs, à enfouire sous terre le « verre des machons », puis, à une autre époque, le retirer de terre. Nous avons connaissance de cette cérémonie parce qu'elle faisait l'objet d'une rétribution de la part des clercs. Par endroits il est dit pour le « vin du verre », pour le « vin aux maçons », ou simplement pour le « verre ».

A Rouen ce verre porte le nom de « verre des Augustins » parce qu'il fut trouvé en 1949 lors de fouilles effectuées dans une église des Augustins démolie pendant la dernière guerre. Il fut trouvé dans une « logette » murée par une pierre. On s'est beaucoup interrogé sur la signification de ce verre caché. R.Flavigny a fait un rapprochement avec les textes normands relatifs aux architectes rouennais publiés en 1902 par Ch de Beaurepaire. Il semblerait qu'il y eut un usage normand paraliturgique de cacher le vin nouveau à l'automne, pour le sortir au moment des fètes pascales.

Cette cérémonie nous est connue par les textes à partir du XVe siècle, elle se faisait à la fabrique de la cathédrale, mais aussi à Saint Maclou, à deux périodes de l'année : à Pâques et en octobre. Elle semblait se dérouler suivant un rituel très précis, puisque il est dit un moment : « pour défouir le verre, pour l'heure accoutumée ».
Etait-elle liée à la Pâque et à la passion du Christ ? Mais pour le mois d'octobre ? Etait-ce la fête du saint patron ? La fête des « Quatre Couronnées » ayant lieu le 8 novembre, il serait intéréssant de savoir si cette cérémonie existait, ailleurs, sur d'autres chantiers.
A propos du vin donné aux maçons :
Le chanoine Delaporte (« Les Vitraux de la Cathédrale de Char-

tres »), l'avait déjà signalé en parlant, du vin et des gants donnés aux maçons, d'après les « anciens comptes ».

Dans les Ordonnances (1445) des maçons employés à l'Oeuvre de la cathédrale de Rouen, nous trouvons l'indication suivante :

«De Pâques jusqu'à la saint Michel doivent prendre leur vin de none quand none Notre-Dame va de volée jusque au premier son des vêpres». Il semblait que, pour cette circonstance, la prise du vin ait un caractère cérémonial, plutôt que dans le but de se désaltérer. A noter : ils « doivent » !

Ces mêmes ordonnances indiquent qu'ils seront payés du « mouton de l'Ascension et du vin de la saint Martin », selon une ancienne coutume. Ainsi en 1463-64 : « à G. Pontif et Philippe Viart, maître de l'oeuvre des chaires du choeur, pour le mouton de l'Ascension qu'ils ont accoutumé d'avoir chaque année, et pour faire chère ensemble, un écu d'or 305 ».

En 1464-65 : « aux maçons pour le vin de la saint Martin qu'ils disent caché (muché), ainsi qu'il est accoutumé d'ancienneté». 5 s.

En 1460-61 « vin aux maçons quand ils commencèrent les fondements de l'autel ». 23 s et 6 d.
Un autre aspect intéressant est le caractère chrétien de cette maçonnerie de métier. Les règlements de la Charité des Tailleurs de Pierres de Montpellier, de 1365, commencent par ces mots : « Au nom de Jésus-Christ. Amen. En l'an de l'incarnation du même Jésus-Christ 1365, le 2ème jour du mois de mars, sous le règne du Sire Charles par la grâce de Dieu roi de France...».
Les Constitutions dites de Ratisbonne de 1459 commencent ainsi: « Au nom de Dieu le Père, du Fils, du Saint Esprit et de sainte Marie, mère de Dieu, de ses bienheureux saints serviteurs les quatre saints couronnés de mémoire éternelle (...) nous devons former une fraternelle communauté ceci pour le bien, l'unité de

tous les maîtres et compagnons du corps de métier de tailleurs de pierres et des maçons en terre allemande ».
Ceci est un aspect fondamental que nous retrouvons durant tout le Moyen Âge.

Le serment sur l'Évangile est également un aspect de cette foi chrétienne des maçons.

Dans le « Livre des Métiers » de 1261, déjà cité, le Serment était prêté sur les « Saint Évangile », par l'apprenti nouveau reçu, comme par le maître qui « jure de garder les secrets du métier ». Ce serment étant prêté devant le « maître qui garde le métier ».

Dans les comptes de Troyes, en 1381/82, Quicherat nous rapporte que : le maître verrier Jacquemin en 1382, dut jurer sur les « saints Evangile », que bien et diligemment il visiterait les verrières de la cathédrale de Troyes, qui avaient été sérieusement endommagées après l'incendie de 1188.

Dans la maçonnerie opérative (ou de métier) anglaise, par exemple dans les « Règlements de la cathédrale d'York » en 1370, le serment était prêté sur la Bible. Il y a là une différence importante avec la maçonnerie opérative anglaise.

c. Troisième partie.

L'iconographie nous renseigne également sur la vie du maçon médiéval, son travail, ses préoccupations spirituelles. L'image est un livre muet qui, souvent, en dit plus long que de longues explications. (voir les différentes gravures).

Conclusion

Au moment de conclure, il serait bon, je pense, de dire que la maçonnerie de métier en France a eu ses spécificités particulières.

La première chose que l'on peut dire c'est qu'elle était dans l'Église, comme d'ailleurs la maçonnerie opérative en Angleterre ou en Allemagne. Ce que l'on peut dire aussi, c'est qu'à aucun moment le maçon en France ne s'est trouvé rattaché à une Grande Loge, comme le maçon allemand ou anglais. Pendant la période de contruction des grands cathédrales (XIIe et XIIIe siècle) les maçons voyageaient, comme nous l'avons vu avec les « Normands de Chartres », et que, les grandes constructions s'achevant, ils se fixent, prêtent serment pour devenir «Maître maçon juré de l'Oeuvre ».
Il n'est pas fait mention de constitutions générales, d'assemblées annuelles, ou alors, si cela a existé, les textes en question ne sont pas connus.

Cependant, ils pouvaient y avoir des cérémonies particulières, comme on l'a vu, auxquelle les clercs pouvaient être associés. Seuls des documents nouveaux nous permettront de confirmer ou d'infirmer toutes ces hypothèses.

Ce sont toutes ces questions, formulées ici très sommairement, que nous allons essayer de développer dans les chapitres suivants.

Notes

1. Voir la traduction de ce texte dans le chapitre sur la « loge aux maçons », dans la partie Annexe.

2. Voir le chapitre « Les Confréries de métier au Moyen Âge », un peu plus loin dans cet ouvrage.

3. Nous avons reproduit un certain nombre de gravures anciennes, tirées des Annales Archéologiques pour la plupart ; ainsi que du Mémoire de Charles de Beaurepaire.

4. Le lecteur pourra consulter avec profit le mémoire de Ch. de Beaurepaire intitulé « Notes sur les Architectes de Rouen », 1901 à 1903, publié dans : Amis des Monuments Rouennais ; l'auteur a compulsé et traduit les registres capitulaires du Chapître de la Cathédrale, dans une période s'étalant du XIIe au XVIe siècle.

5. Les exemples que nous avons cités proviennent du Mémoire de Maurice Jusselin, intitulé « La Maîtrise de l'Oeuvre à Notre-Dame de Chartres, la Fabrique, les travaux et les Ouvriers, au XIVe
siècle, publié par la Société Archéologique d'Eure-et-Loir en 1920. Le lecteur pourra également consulter le Mémoire de Ad. Lecocq : « La Cathédrale de Chartres et ses Maîtres d'Oeuvre », publié à Chartres en 1876 par la Société Archéologique d'Eure-et-Loir.

6. Hugues de Saint Victor (1096-1141) fut un esprit vaste et inventif, qui s'efforça de rassembler dans ses grandes oeuvres l'essentiel des sciences sacrées et profanes. Bien loin de les opposer les unes aux autres, il affirme que toute connaissance est salutaire. «Apprenez tout » dit-il « et vous verrez ensuite qu'il n'y a rien d'inutile ». De toutes les sciences, il en est sept qui méritent particulièrement d'être étudiées et approfondies : ce sont celles qui composent le Trivium et le Quadrivium. On leur donne ce nom parce qu'elles sont comme les voies qui conduisent et introduisent l'âme à la sagesse.

Fig 11

Pierre Tombale de l'architecte du XIIIe siècle : Hugues Libergier. Architecte de Reims, ds Annales Archélologiques, V. Didron, (Bibliothèque municipale de Chartres).

Fig 12

Artistes du Moyen Âge, du XIIe au XIVe siècle. Miniatures de Manuscrits anglais. Annales archéologiques Didron N°4, à Paris

Fig 13
Architecte du XIIIe siècle, ds vitrail de l'Ascension. Cathédrale de Reims.

JACOPO DA TURRITA, MOSAISTE EN CHEF DE SAINT-JEAN-DE-LATRAN. FIN DU XIIIᵉ SIÈCLE.

IACOBVS·TORITI
PICT·Oh.OP FECCIT

FRÈRE JACOPO DA CAMERINO, OUVRIER MOSAISTE DE SAINT-JEAN-DE-LATRAN, FIN DU XIIIᵉ SIÈCLE.

Fig 14

Art et Artistes en Italie, Annales Archélologiques, V. Didron, (Bibliothèque municipale de Chartres) : Jacobus de Turitta, mosaïque en chef de St Jean de Latran, fin du XIIIe ; avec son compagnon. Tous deux sont Franciscains.

TOMBE DE ROME.
PREMIERS SIÈCLES CHRÉTIENS.

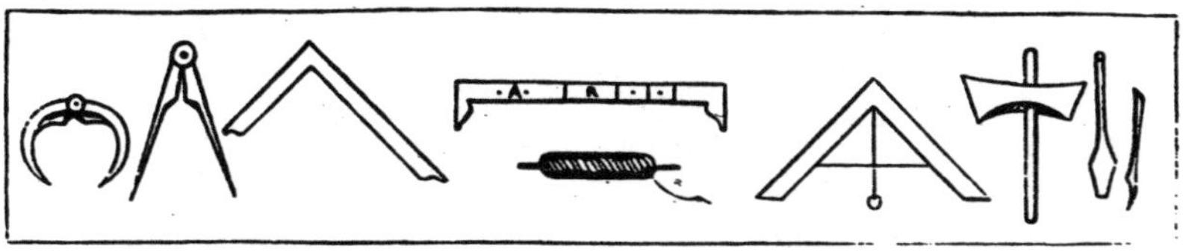

VITRAIL DE LA CATHÉDRALE DE CHARTRES.
TREIZIÈME SIÈCLE.

Fig 15

Instruments et appareils de construction au Moyen Âge, Annales Archéologiques (Bibliothèque municipale de Chartres).

Fig 16

Vitrail du XIIIe siècle à Saint Germer, Annales Archéologiques, Bibliothèque Municipale de Chartres. Abbé de St Cormer avec les Ouvriers.

CHAPITRE V

Villard de Honnecourt

Villard de Honnecourt
et les connaissances des Maçons du Moyen Âge.

Cet art ancien (le trait) demeure malaisé d'entendre, à ceux qui ne sont pas de l'Art.

Ph Delorme, Traité d'Architecture.

«La statuaire et la peinture du Moyen Âge nous révèlent une certaine manière, dans l'attitude des personnages, et cette manière, l'album nous en donne le secret». (Lassus l'Album de Villard de Honnecourt)

I. L'histoire du livre et ce qu'il en reste aujourd'hui.

Ce document unique en son genre est un petit carnet manuscrit conservé à la Bibliothèque Nationale et côté sous le N° 19 093. Son auteur se nomme lui-même au début du carnet :

«Villard de Honnecourt vous salue, et prie tous ceux qui de ces engins oeuvreront qu'on trouvera en ce livre, de prier pour son âme et de se souvenir de lui.»

La graphie des notes, le style des dessins et l'histoire des édifices dessinés montrent que le carnet a été rédigé au XIIIe siècle. C'est l'époque ou a vécu Villard.

Il y a eu peu d'exégètes de Villard, seul de Lassus au siècle dernier a reproduit entièrement l'album en le commentant planches après planches et en traduisant en français moderne le texte souvent très succinct qui accompagne chacune des figures. C'est d'ailleurs à partir de ce document et des réfléxions de son auteur que nous avons rédigé ce chapitre. Puis, plus récement un chercheur Allemand Hahnloser, dans son étude critique (1972, Graz) malheureusement non traduite en française, a émis l'hypothèse selon laquelle son recueil serait un «Bauhüttenbuch», c'est-à-dire un carnet rédigé au sein du chantier par un architecte pour les architectes et tailleurs de pierres, auxquels il aurait fourni des modèles. Ce carnet a été déposé à la Bibliothèque Nationale pendant la Révolution. Il faisait auparavant partie de la bibliothèque de l'abbaye de St. Germain-des-près. On ne sait pas quand il y était arrivé, mais au XVe siècle il appartenait à un certain J. Marcel, comme l'indique une souscription.

Il est écrit sur plusieurs cahiers de parchemin, qu'un propriétaire inconnu l'a fait relier en 1560. Il comporte actuellement 33 feuillets, formant 66 pages, dont 64 sont couvertes de dessins et, comme nous l'avons indiqué plus haut, de notes manuscrites décrivant très sommairement et parfois d'une manière très obscure pour nous qui avons perdu la tradition des procédés et du langage du XIIe siècle, ces fameux croquis.

Les feuillets ont été numérotés à deux reprises, au XIIIe et XVe siècle et l'étude de ces numérotations montre que dans son état primitif, le carnet comprenait 21 feuillets (soit 42 pages) de plus. Il nous reste donc environ les trois -cinquième du document primitif.

II. Qui était Villard de Honnecourt ?

Nous avons dit plus haut que ce carnet a pu être rédigé au sein d'un chantier à l'intention des maçons et tailleurs de pierres par un architecte. Mais, dans la mesure où on ne peut lui attribuer avec certitude aucun édifice, on a pu mettre en doute qu'il eut été maçon de métier. Il n'est pas impossible que Villard ne fut qu'un clerc qui a composé non pas un traité systématique à l'usage des architectes mais plutôt une sorte de compendium de son savoir personnel. Car il y mèle, au fur et à mesure de ses planches la physique, la mécanique, la médecine, la maçonnerie, les arts figurés, la géometrie et l'architecture. Et cela n'aurait rien d'étonnant, lorsque l'on mesure le savoir encyclopédique de moines tels que Gerbert (XIe siècle), Hugues de St. Victor (XIIe siècle), Vincent de Beauvais ou Albert le grand (XIIIe siècle), et l'on pourait en citer bien d'autres.

«Villard est originaire du village de Honnecourt, qui se situe à une quinzaine de kilomètres au sud de Cambrai, non loin, de l'ancienne abbaye cistercienne de Vaucelles. On trouve dans le carnet des plans de cette abbaye, ainsi que de la cathédrale de Cambrai. La langue des notes est le patois picard que l'on parlait au XIIIe siècle dans cette région. Villard est donc bien situé géographiquement». Il nous fait savoir dans son carnet qu'il a beaucoup voyagé. Des dessins montrent qu'il a visité : Laon, Reims, Meaux, Chartres, Lausanne. Dans le neuvième feuillet (verso) il dit : «j'ai été en beaucoup de pays». Il est allé en particulier en Hongrie, ou il avait été «mandé» (Pl. 19), et il y demeure «maint jour» (15ème feuillet verso) pl. 29.

Roland Recht (conservateur des Musées de Strasbourg, auteur d'outils sur la cathédrale et la maison de l'Oeuvre de Strasbourg) et la maison écrit : «en fait, rien ni dans le contenu du livre ni dans sa structure, ne nous permet d'affirmer qu'il (le carnet) est l'oeuvre d'un architecte, le destinant aux autres ouvriers d'une loge, comme l'avait affirmé Hans Hahnloser.

Que Villard ait été cependant un familier des chantiers, cela parait évident. «Sa culture et sa curiosité sont celles d'un clerc mais son savoir technique, que nous ne pouvons juger qu'à travers son oeuvre en deux demensions, ne trahit pas une personnalité d'architecte». Alors le problème reste posé : Villard était-il ou non un maçon de métier ?

Il ne s'intéressait pas, nous l'avons dit, qu'à l'architecture : «il est en effet peu probable que son carnet ait été rédigé à l'intention des ouvriers d'une loge. Toutefois, les sujets traités auxquels il s'intéresse sont ceux auxquels il était naturel que s'intéressat un maçon de métier instruit et à l'esprit ouvert. Et il y des indices qui tendent à montrer qu'il était bien un maçon de métier».

Au demeurant les connaissances qu'il avait dans les différentes sciences de son époque vont en droite ligne avec ce que Vitruve exigeait des architectes.

En effet, selon Vitruve, il faut que l'architecte «ait de la faculté pour la rédaction, de l'habilité dans le dessin, des connaissances en géométrie ; il doit posséder l'optique, connaître à fond l'arithmétique, être versé dans l'histoire, s'être livré avec attention à l'étude de la philosophie, connaître la musique, n'être point étanger à la médecine, à la jurisprudence, être au courant de la science astronomique qui nous initié aux mouvements du ciel». (Vitruve, lib. I, page 28 coll. Panckouke).

III. Présentation du carnet. Les différents sujets traités sous forme de planches et le texte qui les accompagne.

Les sujets traités par Villard sont nombreux. Il s'intéressait, son album le montre, à la mécanique pratique, à la physique, au dessin d'art, à la médecine, autant, qu'à la science de géometrie et à l'art de maconnerie. Son carnet, de ce point de vue, a beaucoup en commun avec ceux de Léonard de Vinci.

En mécanique, Villard cherchait le mouvement perpétuel ; évocation de clercs : «Maints jours se sont maistres disputés pour faire tourner une roue par elle seule».

Et de Lassus d'ajouter « «c'était une faute que de le chercher mais c'est aussi un indice que la mécanique rendait plus de services, à cette époque, que nous ne serions portés à la penser».

Aussi trouvons-nous dans l'album une scie mécanique utilisant un cours d'eau, une scie à receper les pilotis, en tout semblable à celle que l'on emploie aujourd'hui. Pour soulever les pierres nous découvrons le levier et la vis combinés, nous trouvons que l'on donnait à son pas le tiers de diamètre.

L'appareil destiné à faire tourner un ange, comme nous en trouvons à Chartres dans la «Visitation de l'oeuvre Notre Dame» en 1316, de sorte qu'il fasse en 24 heures une révolution complète sur lui-même, forme un mouvement d'horlogerie.

Dans la science mécanique, il y a la double transformation du mouvement circulaire de la roue hydraulique en mouvement rectiligne continu, celui de la planche à scier ; puis en mouvement rectiligne alternatif, celui de la scie, cela au moyen de la roue à cannes et d'un assemblage qui rappelle le parallèlogramme de Watt.

L'aigle du lutrin, à tête mobile, montre la transformation du mouvement rectiligne en un mouvement circulaire.

En hydraulique, nous ne trouvons que l'emploi d'un cours d'eau utilisé pour faire tourner une roue à angle de la scierie mécanique, et l'indication du siphon dans la chantepleure.

Il y a de nombreux sujets humains dans son album et comme le souligne Lassus, c'est à la fois : «l'étude de l'antique, l'étude de la nature, non pas tant instinctive, que volontaire. Cette tombe de Sarrasin, ces combats de lions contre des hommes, cette statue de Mercure, sur la prevue du premier fait». L'étude de la nature avec les joueurs de dés, les lutteurs, le lion. Dans ces dessins la nature est très exactement rendue, avec une connaissance très grande de la musculature et de l'ossature humaine...

Des sujets mystiques et religieux, tels que cette descente de croix (une des premières).

«La statuaire et la peinture du moyen âge nous révèlent une certaine manière, dans l'attitude des personnages, et cette manière, l'album nous en donne le secret». (Lassus).

En fait, nous trouvons une méthode géométrique pour faire facilement des croquis, par carrés successifs et avec des proportions biens définies.

Plusieurs feuillets sont relatifs aux charpentes et à la charpenterie, tels ces combles ou ce pont en bois. Pour ce qui est des dessins d'architecture, ceux donnés par Villard ne sont pas de «études exactement cotées et mesurées comme nous le ferions aujourd'hui». (Lassus). Ce que Villard recherchait, c'étaient des indications générales de formes et de plans. Lassus suppose qu'il a été l'architecte de la cathédrale de Cambrai et se plait à dire : «la forme qui lui plaisait étant dessinée à main levée et notée dans ses parties essentielles sur son album, il revenait à son atelier, pouvait bien imiter pour reconstruire, mais ne copiait pas».

Au feuillet 30 verso, dessinant l'élèvation des chapelles du chevet de Reims, il écrit : «de telle manière doivent être celles de Cambrai si on leur fait droit». Ce qui serait un argument selon Lassus qu'il proposa un projet pour Cambrai. On trouve d'ailleurs aussi (feuillet 19 verso) un plan de ce chevet «tel qu'il sort de terre». On peut donc penser que Villard ait été le maître d'oeuvre de ce chevet, sans pour autant en avoir la preuve formelle. On trouve aussi (même feuillet) le plan d'une «église carrée qui fut projetée pour l'ordre de Citeaux» ; et (feuillet 15 recto) le chevet d'une église à double collatéral «que trouvèrent Villard de Honnecourt et Pierre de Corbie». Comme nous l'avons dit plus haut, il est allé en Hongrie «où il fut mandé», et «resta maints jours». L'église de Cassovie (Hongrie) reproduisant exactement le plan de certaines fenêtres de St. Yves de Braine est une pierre de plus dans l'hypothèse qu'il ait bien été maçon de métier.

La coupe des pierres nous montre l'emploi des patrons, la connaissance de la proportionnalité des arcs et leurs rayons, d'où est déduite la méthode pour tracer le patron des voussures d'un grand arc sur une aire trop petite pour qu'on l'y inscrive tout entier. (Lassus). Au feuillet 18 (verso) Villard nous dit : «ici, commence la méthode du trait pour dessiner la figure ainsi que l'art de la géometrie l'enseigne pour facilement travailler, et en l'autre feuille vous trouverez celle de la maçonnerie».

Dans cette étude, nous nous intéresseront principalement à la partie du carnet qui touche à la géomètrie et à la maçonnerie. Elle est en fait très succinte : sept pages en tout (sans compter les plans d'édifices). Mais, signalons dès à présent, la terminologie employée par Villard : «Ci commence la force des trais de portraiture...» Le mot «force» veut dire «Science ou technique de», comme l'on dirait aujourd'hui. M. Gykhia le mentionne dans les rituels allemands de la Bauhütte conservés à Ratisbone où «force» est bien traduit par «science» : «Sagesse Science et Beauté» ; et en d'autres endroits des rituels de la Bauhütte c'est directement : «Beauté, Science et Force». Ceci, méritait d'être signalé. Villard mentionne aussi le mot «trais», associé au dessin des figures «comme l'art de la géométrie l'enseigne». Le «Trait», nous auront l'occasion d'en parler plus longuement, était connu des maçons médiévaux et par les Anciens (Grecs et Romains). Il semble être tout à la fois une «géometrie pratique», exempte de calculs, une méthode graphique» de représentation des figures. Deux siècles après Villard, Philibert Delorme parlera de cet «art ancien», qui demeure «malaisé d'entendre à ceux qui ne sont pas de l'Art», mais que ceux qui auront «quelque dextérité d'esprit pendront le compas à la main, et le dresseront incontiment sur les lignes propres et convenables». Pour Desargues, un siècle plus tard, il sera question de la «suggestion de la vieille pratique du trait».

Au feuillet 19 (verso), Villard donne la recommandation suivante : «En ces quatre feuilles sont des figures de l'art de géométrie, mais il (?) doit faire attention à les connaître, celui qui veut savoir à quoi chacune peut servir».

Quel est cet «art de géométrie» dont parle Villard ? Il fait indiscutablement référence à une géométrie pratique que devait posséder l'architecte au XIIIe siècle. Ce sont de simples croquis ayant, à l'appui de chacun d'eux une explication souvent sommaire.

Labyrinthe de
la cathédrale de Chartres

Fig 17

Album de Villard de Honnecourt, Labyrinthe de la Cathédrale de Chartres, de Lassus.

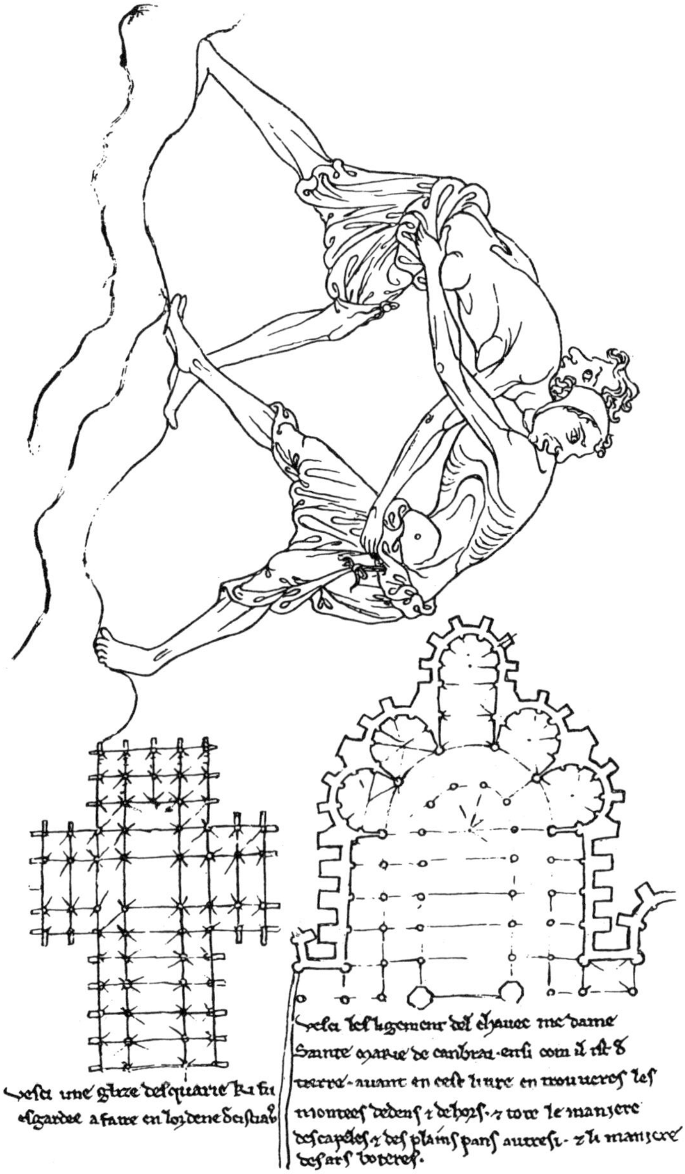

Fig 18

Album de Villard de Honnecourt, Lutteurs, plan de chevet et plan d'une église «ad quadratum».

CHAPITRE VI

La Loge aux maçons

La Loge aux maçons

Je ne rapporterai à personne les secrets de la chambre, ni rien de ce qu'ils font dans la loge, quoique tu puisses les entendre dire où les voire faire.

(Anciens Devoirs des maçons de métier anglais ; Ms. Régius, 1380.

Il convient maintenant de jeter un éclairage sur la vie et l'organisation des loges de maçons de métier pendant la période médiévale. Si les documents que nous possédons, émanant de sources anglaises, nous permettent d'avoir une idée assez précise sur les loges, les références sont beaucoup plus floues sur le continent. peut-être y a-t-il une exception pour la loge de Strasbourg à partir de la fin du Moyen Âge.

Les éléments que nous possédons sur la vie des loges, émanent surtout de sources officielles par le biais des statuts et réglement ou des extraits de comptes des fabriques ; plus que par les informations fournies par les maçons eux-mêmes. C'est dire que le champ d'investigation est bien mince.

Les manuscrits des Old Charges (Anciens Devoirs), de période purement médiévale, je veux parler des Ms. Regius, 1390[1] et Cooke[2] 1425, n'en parlent peu ou pas ; les autres Ms., mis à part peut-être le« Grand Lodge» N° 1[3] 1580, ne font pas partie de notre étude, puisqu'ils se situent dans la période de transition entre la Maçonnerie opérative et la Maçonnerie spéculative, de la fin du XVIIe siècle au début du XVIIIe siècle.

C'est dans l'axe des réglements de chantiers des extraits de comptes des registres capitulaires que nous allons porter notre attention.

Le mot *Loge* et ses différentes variantes : logia, loige, loyge, se rencontre dans des textes fort anciens dès qu'il est question de représenter un atelier ou même un simple appentis, où se retrouvaient maçons et tailleurs de pierres.

Les gravures médiévales les représentent souvent, comme de simples abris, ouverts sur les quatre côtés, où nous voyons des tailleurs de pierre vérifier avec une équerre l'angle d'une pierre, des ymagiers au travail sur une sculpture, des mortelliers «gâcher» le mortier, des poseurs affairés sur la pose d'une pierre d'un mur.

Il ne faut pas se tromper sur le sens allégorique de l'iconographie au Moyen Âge, qui ne représente pas toujours la réalité comme une «photographie», mais plutôt une image que l'on doit voir «à l'intérieur», plutôt que «de l'extérieur».

Quelques dates :

1268 : « Le Livre des Métiers» d'Étienne Boilleau atteste l'organisation parisienne des maçons en un «métier». L'expression «les loges du palais « (titre XVIII, c.4) semble se référer à un groupement de maçons.

1275 : Première assemblée attestée des maçons allemands à Strasbourg.

1277-78 : «Logias» (Vale Royal Abbey, Angleterre) : première mention de loge, qui sont des locaux.

1283 : «Logias» (Cartulaire de Notre-Dame de Paris, II, 487, le 2 février) première mention en France d'une loge, qui est le local d'operarii parisiens.

Ce modeste travail, pose plus de problème, qu'il n'en résoud, mais il veut recenser les différents sens que le mot «loge» a pu prendre dans les textes médiévaux (anciens comptes des chapitres, règlements de chantiers, les versions les plus anciennes des Old charges...). Et «par delà le sens du mot lui-même, l'évolution de la «loge» à travers les textes, son organisation interne, sa fonction ainsi que celle des membres la composant, au sein même du chantier médiéval.
Les loges de métier en Angleterre et en Ecosse nous sont bien connues depuis les études effectuées depuis le siècle dernier par les historiens anglais tels que : F. Gould, H. Carr, Jones.
En France, V. Mortet dans ses : «Notes sur la condition des architectes en France, au XIIe et XIIIe siècle», puis dans une seconde édition postérieure sur les XIVe et XVe siècle, rassembla une grande quantité de textes issus des extraits des anciens comptes, sur l'histoire des tailleurs de pierres et maçons en France, à celà s'ajoute des travaux d'historiens locaux ; tels Ch de Beaurepaire à Rouen ou M Jusselin à Chartres.

Or, il est une expression qui revient souvent dans ces textes, dès qu'il s'agit de représenter l'abri où les maçons travaillaient et se reposaient, expression un peu vague et mystérieuse : «la loge aux maçons», que nous retrouvons chez les historiens anglais, sous la forme : «the masons of the lodge», traduite du latin : «lathami de la loygge» ou encore «logiam lothamorum».

I. La Loge

La loge, c'est la maison de bois ou de pierre où les ouvriers travaillaient à l'abri des intempéries». Elle existe, souligne P. du Colombier, sur tous les chantiers de quelque importance, souvent accolée à la cathédrale, du côté sud. Les ouvriers, en général, n'y habitent pas mais y font la sieste de la demi-journée. On y serre les outils. Elle peut être chauffée en hiver et peut contenir de douze à vingt tailleurs de pierres.

En Angleterre et en Écosse le mot : «loge», semble avoir recouvré trois sens différents qui, peut-être, représentent trois étapes de développement. Voici, traduites en français, les quelques lignes que nous pouvons lire dans : «The Genesis of Freemasonry»[4] :
«Le sens premier c'est celui servant à désigner un atelier de travail des maçons, qui était habituellement bâti en liaison avec une construction particulièrement importante. La première référence de l'existence d'une loge en Angleterre, aussi loin que l'on puisse remonter, est celle de l'Abbaye du «Val Royal» en 1278, où l'on voit des charpentiers recevoir un salaire pour construire des loges et des maisons d'habitation pour les maçons et les autres ouvriers. D'autres documents nous reseignent sur la construction de loges de maçons ou d'ateliers à Catterick Brigde en 1421, Kirby Mulloc Castle en 1481 et à Dunkeld Bridge en 1513. Des travaux de réparations de loges sont mentionnés à Beauvais Castle en 1330, à Westminster Abbey en 1413. Il ne fait aucun doute que des loges existaient bien avant 1278. Puis l'usage même que l'on donnait à celle-ci : «La loge servait surtout d'atelier dans lequel les maçons

taillaient des pierres, mais, probablement depuis une date beaucoup plus ancienne, elle servait aussi d'endroit où ils pouvaient manger, boire et se reposer pendant les périodes de repos autorisées durant l'interminable journée de travail du Moyen Âge. C'était certainement le cas pour la loge de York Minster dès 1370, et pour la loge de Saint Gilles d'Edimbourg en 1491. Il est problabe que depuis des époques très anciennes, ces loges étaient également le lieu où les maçons pouvaient évoquer les problèmes concernant le métier.»

En France, les loges sont présentées au Moyen Âge sur les grands chantiers ècclésiastiques. La référence la plus ancienne que nous connaissons est probablement celle figurant sur le cartulaire de Notre-Dame de Paris («logia fabrice ecclésie parisianis») en 1283, à propos d'un conflit de juridiction dont nous aurons l'occasion de reparler. A Rouen, les loges avaient pris une grande importance au XVe siècle ; le chapitre en 1445 rédigera une ordonnance intitulée « *Règlements pour les maçons employés à l'oeuvre de la cathédrale*»[5].
Un texte issu des comptes de la fabrique, mentionne en 1479 un couvreur qui recevra un salaire pour avoir couvert de tuiles «la loge aux maçons», dans la cour d'Albane, près du chapitre de la cathédrale. Dans le même document nous voyons un plâtrier qui sera payé «pour avoir enduit de plâtre le plancher de la loge où maître Guillaume Pontif fait ses traits». De même des loges sont mentionnées à Amiens et en 1476 dans le livre des Echevins de la ville figure un texte où à la demande du métier sont fixés les réglements de la confrérie religieuse associée à la corporation. A Chartres également dans les extraits des registres capitulaires au XIVe et XVe siècle.

En Allemagne Findel[6] considère que le véritable fondateur des loges allemandes est l'abbé Wilhelm von Hirschau, comte palatin de Scheuren (1080-91), qui auparavant, avait été maître de la loge de saint Emmerau à Regensbourg et qui, pour l'achèvement et l'extension des bâtiments de l'abbaye d'Hirschau, avait appelé des ouvriers de tous les métiers, qu'il reçut au couvent en qualité de frères «lais» et auxquels il fit donner de l'instruction et de l'éducation. Selon lui, au commencement du XIVe siécle les maîtres maçons se détachèrent de l'autorité monastique. Le rayonnement de ces ateliers appelés également «loges» par la suite, est extraordinaire jusqu'au milieu du XVe siècle. La loge de Strasbourg occupe une place prépondérante dans les pays de langue germanique. Nous savons que le 25 avril 1459 les maîtres des loges allemandes s'assemblent à Ratisbonne et y dressent le premier Statut : le « magister operis» de Strasbourg Jobs Dotzinger et tous ses successeurs sont établis dans le poste d'architecte de l'Oeuvre Notre-Dame pour grands maîtres uniques et perpétuels des tailleurs de pierres libres d'Allemagne.

L'étendue de la loge était variable, mais parfois pouvait comprendre plusieurs corps de bâtiment. Elle comportait plusieurs salles, et c'est semble-t-il le cas pour la loge de Notre-Dame de Rouen au xve siècle. En particulier, il est clairement montré qu'il existait une salle où le maître maçon traçait ses épures sur le sol, mentionnons les deux plâtiers rouennais qui furent payés «pour avoir enduit de plâtre le plancher de la (loge aux maçons) oû le maître des maçons fait ses traits (ou épures.)».

La salle de la loge de l'Oeuvre Notre Dame de Strasbourg, construite en 1579 par H.T Wuhlberger, est un exemple de ces loges ayant une dimension imposante, mais d'une date postérieure au Moyen Âge[7].
P. du Colombier[8] à propos de la condition de l'architecte, cite l'exemple suivant issu des Statuts de Bâle, laquelle était sous la dépendance de la Haupthütte de Strasbourg : « le maître des maçons a son banc de travail, dans la loge, à l'est, et nul n'a le droit d'usurper cette place ».

Il est le seul à citer cet exemple, il serait intéresssant de voir si cette prérogative se trouvait ailleurs. Néanmoins elle montre, à travers cet exemple, le rôle privilégié de l'est, réservé au maître des Maçons, qui a seul le droit d'y siéger.

En Angleterre et en Ecosse, poursuivent les historiens Knoop et Jones, le mot « loge » était quelquefois utilisé pour désigner un ensemble de maçons travaillant sur un chantier ayant un caractère plus ou moins permanent. C'est ainsi que nous avons la loge de York Minster qui à travers les règlements et ordonnances de 1352, 1370 et 1408, imposés dans chacun des cas par le chapitre, à survécu de l'oubli. Ces règlements dans chaque cas étaient à l'initiative du chapitre. La « loge aux maçons » (Lathami de la loygge) de la cathédrale Canterbury en 1419, a formé au fil des années, sans aucun doute, une entité reconnue, bien que malheureusement, on n'ait retrouvé aucun règlement régissant un tel groupe de maçons. La «loge aux maçons» de l'église Saint Nicolas à Aberdeen, apparaît comme ayant eu une certaine organisation dès 1483. A l'église Saint Gilles d'Edimbourg, un statut a été promulgé par les autorités municipales en 1491, établissant les conditions d'emploi du maître maçon, ses compagnons et vallets, dans un contrat datant de 1537, dans lequel les autorités municipales nommaient Georges Boiss, maître maçon à vie de la « Church of our Lady »(L'Église Notre-Dame) de Dundee, il est fait référence « aux anciens usages et (consuetude) de la loge Notre-Dame de Dundee », et il ne fait aucun doute que ceux-ci, aussi bien que d'autres conditions du contrat, étaient des réglements écrits à partir de vieilles coutumes établis de longue date et réglementant les maçons de cette église. Il se peut qu'il en soit ainsi à York Minster, Canterbury Cathédral, Saint Nicolas d'Aberdeen, et Saint Gilles d'Edimbourg, la loge aux maçons et son organisation étaient plus anciennes que les dates respectives : 1352, 1429, 1481, 1491, où pour la première fois on a des preuves de leur existence ».

Enfin, en Ecosse, toujours d'après Knoop et Jones, le mot « loge », était aussi utilisé pour spécifier un groupe de maçons liés à une ville particulière ou un district. Le mot semble avoir été utilisé dans ce sens dans les Statuts Shaw de 1598-99. Ceux-ci émanent de l'autorité centrale et sont applicables à l'ensemble des loges du pays. W. Schaw, Surveillant général, était un fonctionnaire nommé par la couronne, portant les titres de « Maître des ouvrages du Roi et Surveillant Général », ou encore « Maître en chef des Maçons ». Sa fonction était purement administrative, c'était comme on le dit parfois, celle d'un officier de guilde exerçant son autorité sur le métier de maçon considéré comme un corps de loges. Ultérieurement, il sera démontré que « Edimbourg sera dans tous les temps à venir et comme par le passé la première et principale loge en Ecosse et que Kilwinning sera la seconde comme par le passé ».

Dans le manuscrit des Archives d'Édimbourg (1696), qui est probablement le plus ancien documents «à caractère rituel connu», compilation de document bien plus anciens, nous avons une succession de questions et de réponses, entre autres :
- « Quel est le nom de votre loge ?»
- « Kilwinning ».
Ceci illustre bien notre propos sur le lien existant entre des loges et certains villes d'Écosse.

Enfin : « des chantiers de Saint Clair de 1601 et 1628 nous apprenons qu'il y avait des loges de district, « loges territoriales », similaires à Saint-Andrew, Haddington, Aitchison's Haven, Dunfermline, Dundee, Glasgow, Stirling et Ayr. La principale fonction de ce type de loges semble avoir été de servir de courroie de transmission pour certains aspects concernant le métier, tel que définir la durée de l'apprentissage, conserver les procès-verbaux des réceptions des apprentis (en tant qu'apprentis-entrés) et l'admission des compagnons (en tant que compagnons du métier) et ordonnant les « landmarks » aux membres de la loge. D'autres règlements concernaient les maîtres-maçons plus particulièrement, tel que l'obligation de ne pas prendre le travail d'un autre maître, de ne pas employer l'apprenti ou le valet d'un autre maçon, et de ne pas employer des « cowans » (maçons de pierres sèches, considérés comme moins qualifiés) ou d'obliger ses « serviteurs » à travailler avec lui. La loge était également un médiateur pour tous les problèmes entre un maître et ses serviteurs. En plus, elle collectait des fonds pour des oeuvres d'assistance et pour aider les frères dans la détresse, et d'une certaine manière, participait aux dépenses de réception des candidats. Enfin, elle conférait le bénéfice du « mot du maçon » aux nouveaux membres de la corporation».

Le « mot du maçon » correspondait à un ensemble de signes de reconnaissance que l'on donnait au nouveau venu dans le métier lors de sa réception.

La loge de Strasbourg peut être classée dans cette troisième étape, celle d'une grande loge (elle s'appelait la Haüpthutte de Strasbourg) siègeant dans une ville et étendant de par ses statuts son influence sur un grand nombre de loges (Vienne, Cologne, Berne, Bâle, etc...)[9].

Les « loges du palais », citées dans le « Livre des Métiers »(XIIe siècle) sont, peut-être, à mettre dans cette derniére classification.

Nous voyons le Roi saint-Louis accorder la « maîtrise des maçons » à maître Guillaume de Saint Palu, lequel a juré dans les « loges du Palais » de garder le susdit métier bien et loyalement, suivant son pouvoir. En fait, on peut raisonnablement penser que son pouvoir ne dépassait pas le district des loges parisiennes.

Quant à William Shaw nous avons noté que celui-ci exerçait une fonction administrative de chef de guilde sur le métier de maçonnerie.

A Rouen, dans les comptes des receveurs de 1389, nous voyons que, dès cette époque, la ville élisait un maître-maçon, chargé de surveiller les contructions particulières de bâtir ou de réparer les édifices publics ou de diriger des petits constructions provisoires. Il prenait alors le titre de : « Maître des ouvrages » ou maître des « oeuvres de maçonnerie », jouissait de plusieurs immunités, telles qu'exemption du guet, tutelle et curatelle, siègeait au conseil municipal et, disent les textes portait un « costume distinctif » presque semblable à celui des échevins. Jehan de Bayeux occupait cette place en 1389 aux gages de dix livres par an. Ce sera lui qui élèvera l'enceinte autour de la ville.

Emplacement de la loge.

L'emplacement de la loge, est souvent décrit avec précision. Ainsi dans *les ordonnances d'York* [10] (1370), il est indiqué que : « les maçons doivent se rendre chaque matin dans la loge qui est disposée pour le travail des maçons dans l'enceinte qui se trouve à côté de l'église ».

Les loges se trouvaient du côté « sud » de l'église, ainsi que le témoignent les textes en provenance des comptes de la catédrale de Chartres, au XIVe siècle : « Autour de l'église, de petites maisons appartenant à l'oeuvre servaient d'atelier, de remises pour le matériel et les outils et d'habitations... Ces loges se trouvaient le long de l'église du côté sud (...). Il y avait, successivement, la maison de l'oeuvre appelée « maison d'Ardoise », à l'usage du fèvre et des ouvriers de la fabrique et à la suite les loges jusqu'aux marchés du portail méridional (...), c'est là, dans la maison de l'oeuvre, que le clerc de l'oeuvre, payait les ouvriers...» A Rouen, les loges se trouvaient dans la cour d'Albane, près du chapitre.

La loge : sa juridiction.[11]

Si le maître maçon était responsable de l'ouvrage et de ses ouvriers, c'était en fait, la chapitre qui détenait la véritable autorité. C'est semble-t-il le cas pour les loges des chantiers ecclésiastiques de notre pays.

En effet, si la loge est l'âme du chantier médiéval, la fabrique est l'organisme financier qui lui permet d'exister. C'est, en quelque sorte la « mémoire » du chantier. Elle apparait au XIIe siècle, comme organisme financier.

Au début du XIIIe siècle, les chanoines, qui jusqu'alors n'ont pas eu de rôle sur les chantiers, tendent à devenir des partenaires à part entière. C'est eux qui gèrent la fabrique, et nous les trouvons sous des termes très divers, correspondant à des charges variées (intendant ou surintendant), et ils veulent participer à la vie du chantier.

C'est ainsi qu'à Rouen, où à partir du XIIe siècle, ce sont eux qui choisissent les architectes et qui, parfois, les révoquent ou les mutent sur un autre chantier. A noter, d'ailleurs, que ces architectes rouennais, l'étaient de père en fils, et il n'était pas rare de voir plusieurs générations de maçons travailler sur le chantier.

C'est aussi le cas de la fabrique d'Amiens au XIVe siècle ou nous voyons un chanoine, délégué par le chapitre et un maître de la fabrique qui ont autorité sur la loge. Celui-ci a sous sa direction un clerc, un valet de l'oeuvre, un maître maçon, un maître charpentier, un couvreur et d'autres maîtres.

Parfois, éclataient des conflits de juridiction. C'est le cas de la loge de Notre-Dame de Paris en 1283[12] un texte conservé dans les cartulaires évoque un incident qui s'est déroulé dans la loge de la fabrique la veille de l'Assomption : cet incident dut être assez grave puisque les Statuts de 1283 font mention d'un conflit entre le chapitre et l'Evêque de Paris. Le chapitre avait du faire intervenir la force armée pour régler l'incident. Petit à petit, les chapitres durent réglementer la vie des loges, d'où les diverses ordonnances de chantiers que nous voyons apparaître à partir du XIVe siècle.

La fabrique se trouve abritée dans un bâtiment en bois à l'origine, mais qui tendra, à partir du XIIIe siècle, a être construit en pierres. L'importance de la construction découle du rôle que joue la fabrique. Ce bâtiment est souvent nommé : « la Maison de l'Oeuvre ».

A Chartres, «le Chapitre possédait, près de la Tour Vieille, de l'église, une maison couverte d'ardoise appelée : les chapiteaux ou encore la Maison d'Ardoise. Nous pouvons la distinguer, attenante aux loges, dans une gravure du milieu du XVIe siècle, représentant la cathédrale du côté sud.

Le Chapitre avait ordonné en 1309 «que les loges ou galeries seraient prolongées jusques aux marches du portail méridional là où l'on monte à l'église.»[13]

La Maison de l'Oeuvre de Strasbourg est exceptionnelle. Elle est construite dès 1276 et se trouve au sud-ouest de la cathédrale. Elle subsiste encore aujourd'hui et abrite, outre la maison de l'Oeuvre Notre-Dame, la loge des maçons, construite par H.T. Uhlberger que j'ai signalé tout à l'heure.

Placée sous le contrôle des chanoines, elle passera, et, c'est assez rare pour le signaler, dès 1286, sous celui de la municipalité. Jusqu'au XVIIe siècle, d'ailleurs, les termes de « Fabrique » et « d'Oeuvre Notre-Dame » étaient équivalents. Les comptes de la Fondation de l'Oeuvre Notre-Dame nous permettent de connaître à tout moment la vie du chantier.

Pendant la période de l'édification de la tour, qui verra l'achèvement de ce travail en 1439, la loge comprend vingt maçons et tailleurs de pierre, en moyenne, y compris l'architecte ou « Werckmeister » et son adjoint le « parlier »[14].

Ce nombre de dix à vingt ouvriers se retrouve à peu près le même à Rouen lors de l'édification de la «Tour de Beurre» en 1486. Elle est appelée ainsi, parce que, en contrepartie des aumônes offertes par les fidèles, ceux-ci, avaient été autorisés par le Saint-Siège d'user de beurre pendant le Carême. Les travaux étaient dirigés par le maître-d'oeuvre Guillaume Pontif.

La durée du travail : Soleil levant, Soleil couchant.

Les historiens anglais de la maçonnerie : Knoop et Jones font souvent référence à ce qu'ils appellent : « the very long medieval working day » ; en effet, les maçons travaillaient depuis le soleil levant, jusqu'au soleil couchant. C'est ce que nous rencontrons frequemment dans les Ordonnances de chantiers.

Ainsi, dans les *Ordonnances du Chantier de la Cathédrale d'York* (1370), il est ordonné qu'entre la St Michel et le Carême, ils travailleront dans la loge « dès qu'il fait suffisamment jour pour y voir clair et travailler, et ils y resteront toute la journée, tant qu'il fait jour ». Tandis que du Carême jusqu'a la St Michel,« ils seront au travail à la dite loge au lever du soleil et cesseront le travail le temps d'un demi mille avant le coucher du soleil ».

De même, peut-on lire dans les comptes de la *cathédrale de Troyes* (1382), à propos de la construction du jubé, la phrase suivante : « Item. On promis les dits maçons de construire le dit ouvrage depuis la nativité Notre-Dame en septembre jusqu'à Pâques, dès le Soleil levant jusqu'au Soleil couchant, sans partir de la loge, que pour dîner une fois par jour »[15].

Le travail des maçons suivait donc la marche du soleil. Nous allons voir immédiatement l'importance de ce fait. Nous retrouvons, dans les textes des Old Charges qui sont d'une date bien postérieure au Moyen Âge, ce découpage du temps suivant le lever et le coucher du soleil, ainsi dans le manuscrit Dumfries N°4 datant approximativement de 1700, mais qui est, en fait, une compilation d'un texte beaucoup plus ancien, dans les instructions par demande et réponses :

- « Combien y- a-t-il de lumières dans votre loge ?»
- Deux.
- Lesquelles ?
- Le soleil qui se lève à l'Est et met tous les hommes à l'ouvrage et qui se couche à l'Ouest et, ainsi renvoie tous les hommes au lit ».

Les tailleurs de pierres pouvaient continuer à travailler, en hiver, alors que les conditions climatiques empêchaient les maçons de travailler.

Ainsi, un texte provenant de *l' Eschevinage d'Amiens daté du 15 juillet 1476,* ordonne « la construction d'un appentis contre l'hôtel des cloquiers, afin que les tailleurs de pierres de l'église Saint Martin puissent tailler leur pierre pendant le long hiver, afin de refaire et réédifier la dite église ». Le chantier, bien qu'au ralenti ne s'arrêtait donc pas[16].

Quant aux maçons de Troyes qui construisaient le jubé de la cathédrale, l'ordonnance de 1382 indiquait que « durant le dit ouvrage, le maître de l'oeuvre de la dite église leur fera financer de charbon pour chauffer la loge, quand il sera nécessaire ».

II. Les maçons et le chantier.

Si les chanoines, en tant que commanditaires, avaient autorité sur le chantier, c'est un homme de métier, « appelé Maître d'Oeuvre » qui avait autorité sur les ouvriers.

Les registes des comptes du chapitre de Rouen, que j'ai déjà cité, nous fournissent des indications précieuses à ce sujet ; bien qu'il soit difficile de se faire une idée précise sur l'organisation du métier à l'intérieur même de la loge.

Ce que nous savons c'est que les chanoines choisissaient des maîtres d'oeuvre parmis les meilleurs architectes du moment. Ceux-ci prêtaient serment devant le chapitre, dans une « forme déterminée » que les registres capitulaires nous font connaître. Le même cérémonial avait toujours été et fut toujours observé pour « l'installation » des architectes de la cathédrale. Celui-ci, se faisait sur les « Saints Evangiles », devant l'image de notre Seigneur, Juge et Glorieux ou Crucifié et Rédempteur.

Ainsi à Rouen, le 13 mars 1398, les chanoines introduisirent dans la salle du chapitre Jenson Salvart. On lui annonça qu'il était nommé à l'office de maître des maçons.Il recevra à ce titre 16 livres tournois comme pension annuelle et il recevra en outre, comme « maître et appelant » (on nomme ainsi celui qui dirige les ouvriers, c'est un peu l'équivalent du « parlier » dans les loges de métier allemandes), cinq sous tournois par jour en été, quatre sous et six deniers en hiver. «Tu feras travailler bien et fidèlement les ouvriers», lui dit le Doyen du chapitre, « et tu feras toutes les autres choses que doit faire un bon et fidèle maçon en telle manière, mettant de côté faveur, crainte, amour et haine en tout ce qui concerne ledit office ».

Ce que maître Jenson, ajoute le rédacteur du procès-verbal, accepta avec gratitude et jura main levée, « versus majestatem »; terme que l'on doit entendre de l'image du Christ qui ornait la salle capitulaire. (tiré de A. Deville, *Revue des Architectes rouennais*, Rouen, 1848, p.26 et 27).

Ainsi il y avait une « Majesté », figurée dans la salle du Chapitre de Rouen, et c'est en levant la main vers cette image que Jenson Salvart, nommé maître des oeuvres de maçonnerie de la cathédrale, prêta serment de bien et fidèlement remplir son office le 13 mars 1398. Cette Majesté, à la fin du xve siècle, n'était autre que la Transfiguration de Notre Seigneur. (dans *Bulletin des Antiquités de la Seine-Maritime,* t.XII).

Leurs attributions semblaient ne pas être toujours identiques, mais peut-être que des expressions différentes regroupaient des offices identiques.

Quoi qu'il en soit, en 1362 J. Perier fut nommé maître d'oeuvre de la cathédrale, son office qualifié de : « officium apparatoris », permet de le distinguer de deux chanoines, nommés maîtres d'oeuvre en qualité d'intendants et surintendants de la fabrique.

En 1388, Jean de Bayeux est à son tour architecte de la cathédrale, et qualifié de : « Magistrum operis lathomie ».

Enfin, en 1398, Jean Salvart, son successeur, devient maître d'oeuvre à son tour, et chose étonnante, il semble avoir un qualificatif différent, il est : « Maître de pierre comme son prédécesseur (magistrie lathomie»), mais, en plus, il reçoit l'étiquette de : « officium appareilleur ». Ce terme « d'appareilleur » a suscité bien des controverses quant à l'interprétation.

Pour certains, l'appareilleur, en latin le « preparator », était le chef des ouvriers qui traçent la coupe de la pierre à ceux qui doivent la tailler. Pour d'autres, appareilleur, veut dire « appelant » c'est celui qui fait l'appel des ouvriers et qui à droit de regard sur eux. Quoi qu'il en soit, cette qualification bien précise donne, à celui qui la possède, une responsabilité sur les maçons et donc sur la loge attachée au chantier de la cathédrale. C'était peut-être, l'office rempli par le parlier des loges opératives allemandes ?

Certains maîtres-maçons se trouvaient investis d'une charge ayant un caractère officiel. Ils étaient maîtres de l'Oeuvre de la cathédrale (J. Perier en 1362), Maître des Oeuvres de la ville de Rouen, se fut le cas de Jean de Bayeux en 1389. Celui-ci fut une sorte de surveillant des travaux, puisque le Conseil de la Ville va délibérer le 13 avril 1398, pour savoir ce qu'il aura « pour avoir vaqué à visiter les maçons et autres ouvriers ». Le 25 mai 1390 nous apprenons qu'il est chargé de faire « la visitation des maçons de la ville » et que les maçons travaillant au Beffroi n'auront que deux heures pour les repas, à savoir une demie-heure pour déjeûner, une heure à dîner, et une demie-heure pour le souper. Le texte prévoit que, s'ils dépassaient ces horaires « ils seraient mis en prison, ou on déduirait sur leurs jounées de travail ».

Pendant 26 ans, J.Perier sera Maître d'Oeuvre de la cathédrale, le Chapitre lui réservant une chambre particulière attenante à la «Loge aux Maçons», de plus, la Fabrique lui fournira les matériaux et autres instruments nécessaires à son travail. Dans les comptes de 1384, nous le voyons recevoir « six règles et une équerre», puis, plus tard, «quatre équerres et treize règles », probablement pour lui et ses compagnons.

Quant à J. Pontif, que nous avons déjà rencontré, les textes nous apprennent qu'il vivait familièrement avec les ouvriers de sa loge, taillant la pierre avec eux, il était aussi de leurs fêtes, lorsque suivant un ancien usage, on leur fournissait : « le mouton de l'Ascension et le vin de la Saint Martin ». Généralement, lisons nous ensuite, sa fonction le retenait à Rouen et s'exerçait dans la « loge aux maçons », affectée aux travaux de la cathédrale

Notre-Dame. Parfois les clercs rédigeaient des *Ordonnances*, réglemantant le travail des maçons,dont ils étaient les commanditaires.

Les Ordonnances du chantier d'York, déjà citées, sont bien connues, pour avoir été étudiées par les historiens anglais de la maçonnerie.

J'ai signalé plus haut, *les Ordonnances du Chantier de Rouen,* dont Ch. de Beaurepaire attribue la date approximative de 1445, mais dont il semblerait qu'elles soient bien plus anciennes (en annexe figure une traduction complète de cette ordonnance).

Ce document se trouve à la suite de *l'Obituaire* du milieu du treizième siècle de la cathédrale. Il est de la même écriture que le reste de l'Obituaire, ce qui laisse à penser qu'il pourrait être de la même période.

Il se compose de deux feuillets manuscrits et est rédigé en vieux français, avec des termes propres au patois normand de cette région et de cette époque, ce qui le rend difficilement traduisible.

Nous constatons que la journée de travail des maçons était liée aux heures canoniales. Il commence ainsi : « Il s'ensuit par la présente ordonnance, la manière dont les maçons de Notre-Dame de Rouen doivent travailler ». Puis, suivent les réglementations proprement dites. «A toute époque de l'année ils doivent venir travailler au moment du sacrement de la Messe St Pierre et se mettre au travail quand elle est dite (...) Et ils doivent déjeuner dans la loge quand prime (première des heures cannoniales, soit six heures du matin) sonne de vollée jusqu'au commencement de prime en choeur ».
Suivant les périodes de l'année, le temps alloué aux repas de midi est de une heure ou une heure et demie. L'année étant ponctuée par les deux périodes : St Michel/Pâques et Pâques/St Michel.

L'ordonnance se poursuit ainsi : « (...) De Pâques jusqu'à la St Michel ils doivent prendre leur Vin de None (troisième des heures cannoniales) quand none Notre-Dame va de vollée jusqu'au premier son des Vêpres ».
Puis cette précision amusante : « Et, s'il arrive que l'horloge de la ville faille, ils iront en tout temps de l'année quand la grand-messe sonne, et reviendront quand elle est dite ».

Puis suivent un certain de nombre de fêtes chômées partiellement ou totalement pendant lesquelles les maçons seront payés la journée complète. A noter que le Vendredi saint : « ils ne doivent commencer à oeuvrer avant que le service divin soit fait et qu'ils aient dîné et s'en iront à l'heure accoutûmée ».

A la veille de certaines fêtes, à la Saint Jean-Baptiste en particulier, ils s'en iront à none et auront « pleine journée, mais ne doivent point déjeuner, sauf s'ils veulent boire, ils devront boire sur leurs pierres ». Le texte précise en suite que : « selon une ancienne coutume ils recevront le mouton de l'Ascension et le vin de la Saint Martin ».

Les autres ouvriers tels que : charpentiers, plombiers, verriers, couvreurs, plâtriers qui travaillent à l'oeuvre de Notre-Dame commenceront leur travail à la même heure que les maçons, mais le texte précise qu'ils n'auront pas les avantages de ceux-ci.

Les maçons ne pouvaient dîner (déjeuner) qu'une fois par jour, comme nous l'avons vu. Ils pouvaient, en revanche, boire l'après-midi dans la loge (York 1370, Rouen 1445). En tout état de cause, l'absorbtion de viande était formellement défendue pendant le travail ; c'est ceque nous pouvons discerner à la lecture du *«Livre des Métiers»* : « nul ne peut, dans les métiers sudits, travailler après que none sera sonnée à Notre-Dame, pendant le temps où l'on mange de la viande.»

Un document curieux est signalé par Victor Didron en 1845[17] dans les « Annales Archéologiques ». Il relate des extraits de la vie d'Etienne, Abbé d'Obazine en 1142 : Etienne fut nommé abbé d'Obazine en 1142, sa vie est imprimée dans un document intitulé : « les Miscellanéa de Baluze ».

Voici quelques extraits du document :

«... Pendant la construction de notre église, les ouvriers (artifex) qu'on avait loués pour ce travail, ne pouvant supporter une longue abstinence de viande, achetèrent du porc, allèrent manger dans les bois cette chair accomodée, et cachèrent le reste dans la maison des hôtes (hospitium) pour la manger en secret le lendemain matin. L'abbé, informé en secret, fut vivement ému,trouva la cachette et jeta cette viande immonde (...) Lorsque les artistes déjà à l'ouvrage (in opere positi) apprirent cela, ils entrent dans une violente fureur, jettent leurs intruments par terre, abandonnent leur travail (...), l'abbé les blâme de leur faiblesse ,de leur repas clandestin, et déclare que si, pour satisfaire leur gloutonnerie, ils abandonnent l'Oeuvre de Dieu, il ne manquera pas de constructeurs nécessaires pour élaborer la Maison du Christ, et que ceux-là, libres de tout vice charnel, bâtiront mieux qu'eux-mêmes (...) Mais bientôt, touchés de regret, ils s'en retournèrent à leur travail.»

Au delà de son caractère anecdotique, cette histoire légendaire, venant s'ajouter à d'autres, nous porte à croire que l'on ne mangeait pas de viande pendant les heures de la construction de la Maison du Seigneur.

C'est constater que les guildes ou confréries de tailleurs de pierre et de maçons n'étaient pas des corporations « ordinaires », que la nature même de leur métier les distinguait des autres ouvriers. Leur dépendance vis-a-vis des clercs, a eu pour corollaire tout l'héritage spirituel de saint Bernard ou de Suger ; à une époque plus récente les préoccupations spirituelles d'un Philibert Delorme, qui était à la fois architecte et abbé, dont nous parlerons dans la suite de notre étude, en apporteraient la preuve s'il était nécessaire. Certes, tout n'était pas toujours idyllique dans les loges du Moyen Âge. Les évènements relatés dans le Cartulaire de Notre-Dame de Paris en sont le témoignage, mais les « Tours inachevées » dont parle le Compagnon Raoul Vergès, sont là pour témoigner de la grandeur d'une époque de notre civilisation et du génie de ses ouvriers que l'on désigne par ce simple nom : de Maçons.

Notes

1. Régius MS. p. 61 : (Statuts complémentaires)

« Je ne rapporterai à personne les secrets de la chambre, ni rien de ce qu'ils font dans la loge, quoique tu puisses les entendre dire où les voir faire ».

2. Cooke. art. 843 « il doit tenir secret l'avis de ses compagnons en loge et chambre et partout où les maçons se trouvent ».

3. Grand Loge n°1. « vous devez garder fidèlement toutes les délibérations de vos compagnons que ce soit en loge ou en chambre, et toutes les autres délibérations qu'il y a à garder en fait de maçon ».

4. The Genesis of Freemasonry by D. Knoop, G.P. Jones, Londres 1978 chap. III, p. 36 et suivantes.

5. Ch. de Beaurepaire. « Note sur les Architectes Rouennais», 1901-1902 dans Amis des Monuments Rouennais, tome II, p.38. Ce texte figure à la fin de l'Obituaire du milieu du XIIIe siècle, du fonds du Chapitre de la cathédrale, cote : G 2094.

6. Findel J.G. «Histoire de la Franc-Maconnerie depuis son origine jusqu'à nos jours. Traduction de l'Allemand par E. Tandel, 1866, 2 Vol, Tome I 475 pp ; Tome II, 496 pp.

7. Musée de l'Oeuvre Notre-Dame par M.J. Nohlen et H. Zumstein, p. 12, et photographie p. 16.

8. P. du Colombier. « Les Chantiers des Cathédrales», Picard 1973.

9. « Les Batisseurs des Cathédrales Gothiques », Album des Musées de Strasbourg édité à l'occassion de l'exposition de 1989 ; sous la direction de Mr R. Recht conservateur des Musées de Strasbourg.

10. Texte publié dans les travaux de la Loge de recherches « Ars Quator Corronatorum » N°2076 à Londres.

11. Voir à ce sujet l'ouvrage d'Alain Erland-Brandembourg, « La Cathédrale », Fayard 1989, dans le chap. réservé à la Fabrique et aux chanoines.

12. Statuts de 1283 sur les « Marguilliers ecclésiastiques et laïques de l'église cathédrale métropolitaine de Notre-Dame de Paris » (catulaire de l'église Notre-Dame de Paris, tome II p. 487).

13. M. Jusselin. « La Maîtrise de l'Oeuvre à Notre-Dame de Chartres », la Fabrique, les ouvriers et les travaux du XIVe siècle, p. 266 et suivantes 1923. Dans bulletin de la Société Archéologique de Chartres.

14. Voir à ce propos l'article consacré à ce sujet dans « les Bâtisseurs des Cathédrales Gothiques », dèjà cité.

15. J. Quicherat . « Notice sur les régistres de l'Oeuvre de la Cathédrale de Troyes », p. 208 et suivantes.

16. Voir dans Annales Archéologiques de V. Didron, Tome II, 1844, p. 244. Dans Annales de V. Didron, Tome VIII p. 150.

17. Dans Annales de V. Didron, Tome IX, P. 192,193

18. Dans Annales de V. Didron, Tome I, 1844, P. 118.

Annexe

Règlement pour les Maçons employés à l'Oeuvre de la Cathédrale.

Présentation du document :

Comme nous l'avons déjà signalé dans des chapitres précédents,les clercs édictaient souvent des règlements pour les maçons travaillant sur le chantier de leur église. C'est ainsi que nous avons mentionné dans le chapitre relatif à la «Loge aux Maçons», le chantier d'York (1370); les règlements de la cathédrale de Troyes (1382) et les réglements du Chantier de la cathédrale de Rouen (1445). C'est de ce dernier règlement dont nous allons parler.
Ce document a été signalé pour la première fois par Charles de Beaurepaire dans son « Mémoire sur les Architectes de Rouen », qu'il publia de 1901 a 1903. Il figure aux Archives départementales de la Seine-Maritime (cote G 2094). Cette pièce se trouve insérée à la suite de l'obituaire du milieu du XIIIe siècle du Chapitre de la Cathédrale. Il est de la même écriture que le reste de l'obituaire, ce qui laisse à penser qu'il est beaucoup plus ancien que la date indiquée par Ch. de Beaurepaire dans son mémoire, à moins que l'écriture des clercs copistes n'ait pas changé aux cours des siècles et que ce document se soit trouvé inséré par inadvertance dans cet obituaire. Seule une étude paléographique pourrait nous éclairer à ce sujet. L'ensemble est formé de deux feuillets manuscrits rédigés en patois normand, difficilement traduisibles.
Son intérêt réside dans le fait qu'il nous éclaire sur les usages des chantiers de l'époque.

Traduction

« Il s'ensuit par la présente ordonnance, la manière dont les maçons de Notre-Dame de Rouen[1] doivent accomplir leur ouvrage :

1. A toute époque de l'année ils doivent venir travailler quand le sacrement de la messe Saint-Pierre (est fait ?) est en train d'être célèbré, et se mettre au travail quand elle est dite[2].

Et ils doivent déjeuner[3] dans la «loge »[4] quand prime[5] sonne de volée jusqu'au commencement de prime en choeur. [6]
En Carême, quand Ouynet[7] a laissé sonner jusqu'au commencement de prime en choeur, comme ci-dessus.
De Pâques jusqu'àux Rogations (Rouvoisons)[8] et du premier jour de septembre jusqu'à la saint Michel, ils doivent aller dîner à douze heures et revenir à une heure après douze.

Des Rogations jusqu'aux premiers jours de septembre ils doivent aller dîner à douze heures et revenir à une heure et demie.

De la saint Michel jusqu'à Pâques ils doivent dîner quand la Grande Messe est sonnée et revenir quand elle est dite.

De Pâques jusqu'à la saint Michel ils doivent prendre leur vin de none[9] quand none Notre-Dame va de volée jusqu'au premier son de Vêpres.
Et s'il arrive que l'horloge de la ville faille, ils iront dîner en tout temps de l'année quand la Grand Messe sonne, et reviendront quand elle est dite.

Le jeudi Saint absolut[10], ils doivent aller dîner quand on a commencé de prêcher et revenir quand on a fini, et s'en doivent aller après dîner, quand le Mandé aux clercs[11] est fait.
Le Vendredi Saint, ils ne doivent pas commencer à travailler avant que le Service soit dit et qu'ils aient dîné et s'en iront à l'heure accoutumée.

Le samedi de la Semaine Sainte, ils viennent le matin en besogne pour faire «amende» de leurs défauts»[12], et s'en vont quand on sonne à l'église, et cette semaine leur sera comptée cinq jours, s'il n'y a pas de fête ; et s'il arrive qu'il y ait fête, ils n'auront que trois jours et demie (de payé).

A la Veille[13] des Rogations, Saint Jean-Baptiste, Saint Pierre et Saint Paul, à l'Assomption, à la Nativité Notre-Dame, ils s'en iront quand on sonne none (trois heures après midi) à Saint-Vivian et par les paroisses, et auront une journée pleine, et ne doivent point déjeuner[14], sauf si ils veulent boire, ils doivent boire sur leur pierre.

A Noël, au jour de l'An, le jour de l'Epiphanie, au Carême (prenant ?), au Sacrement (?), Saint-Laurent, Saint Martin, la Toussaint, la Purification, l'Annonciation, la Conception Notre-Dame, Saint Mathias, Saint Marc, Saint Philippe, Saint Jacques, Saint Jean, (porte latin ?), Saint Bernarbé, Saint Marcial, Saint Jacques, (déjà cité), Saint Benthélémy, Saint Mathieu, Saint Luc, Saint Simon et Jude, Saint Adrien (André), et Saint Thomas, à ces XIV fêtes ci-dessus décrites, ils s'en iront quand les vêpres seront sonnées, et ils auront pleine journée. Le jeudi après Pâques et la veille de la Saint Michel, ils s'en iront à none Notre-Dame[15] et doivent avoir pleine journée[16].

Et s'il arrive qu'il y ait deux fêtes dans une même semaine, le samedi ne vaudra qu'une demie journée.

Item. De même, s'il arrive qu'il y ait dans une semaine une seule fête, le samedi vaudra une journée pleine.

Et ils travailleront en cet endroit, alors que les autres ouvriers oeuvrent par la ville[17], et seront payés du « mouton de l'Ascension » et du « vin de la Saint Martin », ainsi qu'il est de coutûme[18].

Et l'on y trouvera[19] la forge[20] aux dis maçons.
Et s'il arrive que d'autres ouvriers, tels des charpentiers, plombiers, verriers, couvreurs, platriers ou autres ouvriers, quelques soient ces ouvriers, travaillant à la dite oeuvre (Notre-Dame de Rouen), ils commenceront le travail (ouvriront ?) comme les maçons ci-dessus cités ; mais aux cinq Veilles de fêtes ci-dessus anoncées, ils n'auront que demie journée (de payée) et le samedi ne vaudra que demie journée, si la semaine n'est pas entière.

Item De même, s'il arrive[21] que d'autres ouvriers, quels qu'ils soient, travaillant dans la Maison de l'Oeuvre, et qui sont « en la ville » [22], ils commenceront le travail (ouvriront ?) et seront payés comme les ouvriers qui oeuvrent « par la ville »[23] .

Notes sur la traduction

1. Il s'agit des maçons attachés à l'Oeuvre de la cathédrale; cette Ordonnance ne s'adresse qu'à eux seuls, les maçons de Saint-Ouen et de Saint-Maclou devaient avoir leurs règlements spécifiques.

2. Cette phrase est un peu obscure! Les maçons doivent « venir en besogne » quand la Messe Saint Pierre « est fait », ce que l'on peut penser vouloir dire « être en train d'être célébrée » et commencer à travailler quand « elle est dite », c'est à dire commencer à travailler quand elle est achevée. Cela peut s'interpréter de différentes façons. Tout d'abord, la « Messe Saint Pierre » peut vouloir faire référence à la chapelle Saint Pierre, qui était, peut-être, rattachée à la confrérie des maçons. Ceux-ci assistant à l'office de la Messe célébré dans leur chapelle. Saint Pierre peut très bien avoir été leur Saint Patron. Cela peut vouloir dire aussi, qu'il leur était alloué un certain intervalle de temps entre le début et la fin de la Messe, pour vaquer à différentes occupations, ou tout simplement pour se rendre à leur travail, pendant cet intervalle-là.
Nous rappelons qu'il existe un « portail des maçons » (voir gravure), qui est dédié à la Vierge Marie. Ce portail se trouve du coté « sud » de l'église et était probablement emprunté par les maçons lorsqu'ils se rendaient à l'office.

3. Nous avons l'ancienne terminologie des repas pris dans la journée ; déjeuner correspond au petit déjeuner de notre époque, c'est-à-dire au premier repas. Dîner correspond au déjeuner de nos jours, et souper correspond à dîner.

4. Nous voyons apparaître la loge du chantier, le texte ne nous donne que peu de renseignements sur elle, mais Ch. de Beaurepaire a trouvé d'autres textes indiquant qu'elle se trouvait dans la Cour d'Albane non loin du chapitre.

5. Prime : Première des heures canoniales, correspond à 6 heures du matin.La règle de St. Macaire assignait au travail le temps qui s'écoule depuis tierce jusqu'à none. Les règlements d'Horsignius, successeur de St. Pakhome, prévoyait le même intervalle de temps. La Règle de St. Benoit adoptait une mesure différente, c'est à dire depuis l'heure de prime jusqu'à l'heure des vêpres pendant l'été avec une sieste au milieu du jour; depuis tierce jusqu'à none pendant l'hiver, et, pendant le Carême jusqu'à la dixième heure (4 h de l'après-midi). La règle d'Isidore de Séville et de St. Fructueux de Braga prescrivent ces mêmes heures. (tiré de « l'Ordre Bénédictin », par Dom H. Leclerc, Paris, 1930, p.21).

6. Cette phrase, un peu obscure, elle aussi, semble vouloir dire qu'à Prime on fait sonner les cloches de vollée pour annoncer aux clercs qu'ils doivent se réunir dans le choeur de l'église afin d'accomplir la première prière du matin.

7. Ouynet : Correspond à un nom propre, un nom de cloche (peut-être?).

8. Rouvoisons : Probablement les Rogations (Période entre Pâques et Septembre?).

9. None : Quatrième des heures cannoniales, correspond à 3 heures de l'après-midi. Noter le caractère d'obligation de prendre le vin à ce moment de la journée. (...ils doivent prendre leur vin de none).Peut-être cela correspond-t-il à une cérémonie particulière ou à une période de repos?

10. Jeudit Absolut : Jeudi de la Semaine Sainte.

11. Mandé aux Clercs : Lavement des pieds le Jeudi Saint.

12. Vegille : veut dire probablement la veille de ...

13. Cette phrase, elle aussi fort obscure, semble montrer que les Maçons, à la veille de ces fêtes, cesseront leur travail à 3 heures de l'après-midi, sans avoir mangé depuis le début de la journée ; ce qui parait assez étonnant! Il leur est seulement autorisé de « boire sur leur pierre » (Noter cette formule assez curieuse). Sans que l'on sache très bien ce que cela signifie réellement.

14. Déjeuner : repas qu'ils prennent a «prime», comme il a été dit plus haut.(6 h du matin).

15. None Notre-Dame : Lorsque l'on sonne none (3 heures de l'après-midi) à Notre-Dame de Rouen.

16. Avoir pleine journée : être payé une journée pleine.

17. « Ouvreront chien ». Je pense que « chien » veut dire céans, c'est à dire « ici », quant à « ouvreront » cela peut vouloir dire : auront le droit de travailler ici. On trouve souvent les expressions «ouvreront et besogneront».

18. En plus du salaire en argent, les maçons recevaient un salaire en « nature », vêtements, gants, outils également. Ici, il s'agit, en plus, d'une coutume probablement fort ancienne, liée à des fêtes religieuses. Le « mouton de l'Ascension », se comprend aisément ; en ce qui concerne le « Vin de la Saint Martin », qui est un vin nouveau, d'autres textes locaux précisent qu'il est « muché », c'est-à-dire : caché. Ch de Beaurepaire s'interroge sur cet usage, sans toutefois y trouver une réponse. Voir à ce sujet les quelques remarques que j'ai faites dans le chapitre consacré à Maçonnerie de métier en france, au Moyen Âge.

19. Et trouvera l'en (?) : et l'on trouvera en cet endroit, ici?.

20. La « forge » est présente sur tous les chantiers. Elle est signalée sur le cartulaire de Notre Dame de Paris (en 1283) ; elle est signalée également à Chartres sur les registres capitulaires (en 1513), lorsque Jean de Beauce travaillera à l'édification du « clocher neuf ». Les forgerons, bien que ne faisant pas partie de la corporation des maçons, sont présents sur tous les chantiers. Ils confectionnaient ou réparaient les outils des ouvriers du bâtiment, confectionnaient la ferronerie, les objets en fer.

21. Vegille : veut dire probablement le «veille de ...».

22. Eschiet : veut dire «s'il arrive que ...».

23. Noter la différence subtile entre les ouvriers qui sont « en la ville », et les ouvriers qui oeuvrent « par la ville ».
Nous ne voyons pas très bien la différence entre ces deux classes d'ouvriers.

Et ainsi se doivent faire cest s. george s. [illegible] [illegible] saint Johan
le [illegible] et les autres cinq [illegible] [illegible] [illegible] [illegible]
[illegible] [illegible] [illegible] [illegible] [illegible] [illegible] [illegible]
Et [illegible] si se fait par [illegible]
Et nota que on [illegible] que on ne faille a assoner a [illegible]
journee comme il a este acoustume du temps passe

Cy ensuit la maniere et lordenance comment les mestiers de medame de [illegible]
doivent ouvrer premierement
En tous temps de lan doivent venir en besongne quant le sonnement de la
messe saint pierre est fait et commencer quant elle est dite
Et doivent desieuner en la [illegible] quant prime sonne de [illegible] jusques au
commencement de prime en euvre.
En karesme quant on met a la cloche a sonner jusques au commencement
de prime en euvre comme dessus
De pasques jusques a [illegible] et du premier jor de septembre jusques a la
saint michiel doivent aler disner a onze heures, et revenir a une heure
apres douze.
De [illegible] jusques au premier jour de septembre doivent aler disner a
onze heures et revenir a une heure et demie
De la saint mich. jusques a pasques doivent aler disner quant la grant
messe est sonnee, et revenir quant elle est dite
De pasques jusques a la saint michiel doivent prendre leur [illegible]
de nonne quant nonne nostre dame va de [illegible] jusques au premier son
de vespres
Et se il estoit que lorloge de la ville faille ilz iront disner en tous temps
de lan quant la grant messe sonne, et revendront quant elle est dite
Les jours absolut doivent aler disner quant le [illegible] est commencie,
et revenir quant il est fait. Et sen doivent aler apres disner quant le
mande aus clers est fait
Le vendredi saint ilz ne doivent commencer ouvrer jusques a ce que le service
soit dit et quilz aient disne, et sen iront a heure acoustumee.
Les samedi vieinent au matin en besongne pour amender leur deffautes
et sen vont quant on sonne en leglise. Et leur vaudra celle [illegible] jours
se il ya feste et se il estoit quil y ait feste ilz ne auront que [illegible] a demy
la vegille de [illegible] s. Jeh. bapte, s. pier. et s. pol. de lassumpcion et
de la nativite medame sen iront quant on sonne nonne a saint [illegible] et
[illegible] passes et en auront plaine journee, et ne doivent point desieuner

Fig 19

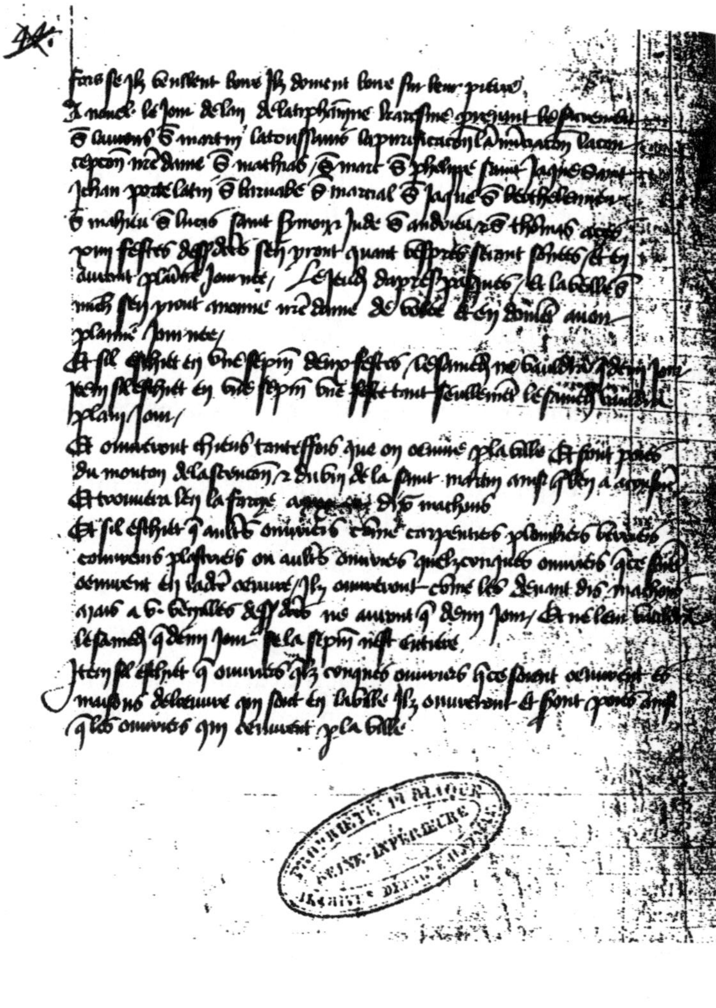

faire se ilz veullent lors ilz doivent lors sur leur pris.
A Noel, le jour de l'an, la Tiphaine, karesme prenant, les Rovesons,
S. Laurens, S. Martin, l'Ascension, la Purification, l'Annonciation, la Con-
cepcion Nostre Dame, S. Mathias, S. Marc, S. Phelippe, saint Jaques, saint
Jehan Porte Latine, S. Barnabé, S. Marcial, S. Jaque, S. Berthelemi,
S. Mathieu, S. Lucas, saint Simon et Jude, S. Andrieu et S. Thomas, aus-
quels festes d'apostres s'en yront quant vespres seront sonnees, et en
auront pour la dite journee. Les festes d'apres Pasques, [illegible]
[illegible] s'en yront [illegible] Nostre Dame [illegible] et en auront aussi
pour plaine journee.
Et s'il eschiet en une sepmaine deux festes, le samedi ne vaudra que demy jour.
Item s'il eschiet en une sepmaine une feste tant seullement, le samedi vaudra
plain jour.
Et ouvreront chascuns tantesfois que on oeuvre pour la ville. Et sont pris
du mouton [illegible] [illegible] de la Saint Martin ainsi que il en a accoustumé.
Et trouvera l'en la forme [illegible] dis machons.
Et s'il eschiet que autres ouvriers comme carpentiers, plombiers, [illegible]
couvreurs, plastriers ou autres ouvriers quelz conques ouvriers que fussent
oeuvrent en ladite oeuvre, ilz ouvreront comme les devant dis machons,
mais a [illegible] [illegible] ne auront que demy jour. Et ne leur vaudra
le samedi que demy jour se la sepmaine n'est entiere.
Item s'il eschiet que ouvriers quelz conques ouvriers [illegible] oeuvrent es
maisons de l'oeuvre qui soit en la ville, ilz ouvreront et sont [illegible] ainsi
que les ouvriers qui oeuvrent pour la ville.

Avant de terminer cette étude, je voudrais présenter quelques points particuliers :

Le saint Patron, tout d'abord (qui sera étudié en détail au chapitre consacré aux confréries) : saint Blaise est parfois mentionné comme le saint Patron des tailleurs de pierres. Il en est fait mention dans le «Livre des Métiers» au sujet des «amendes à la chapelle de Saint Blaise». Les guildes et fraternités auxquelles les maçons anglais ou écossais appartenaient vénéraient saint Thomas pour les maçons de Londres et saint Jean pour les maçons d'Edimbourg. La confrérie générale de tous les tailleurs de pierre dans toute l'étendue de l'Empire avait un écusson que lui avait octroyé l'empereur Maximilien 1er. Dans le haut, dans le bas, et de chaque côté, le compas ouvert et formant des angles droits. Le casque couronné était nommé d'un buste d'aigle, les ailes déployées, la tête entourée d'une nimbe avec l'inscription «Saint Johannes Evangélista». Ce qui a fait dire à Findel que «les membres de la société primitive des ouvriers de Strasbourg portaient avant l'an 1440 le titre de Frères de Saint Jean». *(19)*

Les marques des maîtres maçons (Elles font l'objet d'un chapitre à la fin de cet ouvrage) : Collin de Berneval apposera sa marque, à côté de celles de confrères, lors représentée par de l'expertise de Saint Ouen de Rouen, un pentagone étoilé qui sera d'ailleurs représenté sur la rose septentrionale de l'église la pointe en bas. Celles des maçons de Strasbourg dont fait l'objet du règlement suivant :

Règlement de 1560 des tailleurs de pierres de Strasbourg relatif aux Écussons :

«Attendu qu'en l'honneur du métier, on a fait un long tableau commun, en conformité des anciens statuts et aux frères de la fraternité il a été arrêté et ordonné : chaque membre de la confrérie, à qui cela plait, peut y porter son écusson avec sa marque, à ses frais, conformément à ce livre (de règlement) ainsi qu'il est aussi d'usage dans plusieurs autres ateliers de la confrérie. Cepandant, s'il y avait quelqu'un aux métiers à qui il ne plairait pas maintenant d'y poser sa marque, et qui, dans la suite, changerait d'avis et ferait faire une marque, nul n'est tenu de lui céder la place mais il lui sera loisible de mettre sa marque au bout ; et ainsi de suite pour tous ceux qui viendront après. Mais si quelqu'un par décès, on doit sortir sa marque et la placer dans un autre tableau fait pour cela,en avancant les autres, afin que les descendants puissent se voir quels ont été leurs ancêtres et quand ils ont vécus.»

Pour terminer, je dois ajouter encore que les marques se conféraient par la corporation même. Les maîtres ne pouvaient, de leur propre autorité, ni choisir, ni changer, ou modifier la marque, une fois adoptée, ni la remplacer par une autre. L'intervention du métier ou la corporation était indispensable pour l'un et pour l'autre. Tel était du moins l'usage au XVIe siècle. Cela résulte d'un texte qui l'énonce en termes bien précis. Un article des Statuts de Strasbourg de 1563 s'énonce ainsi : «nul ne doit plus changer, pour soi-même et de son propre pouvoir, sa marque d'honneur à lui octroyée par le métier ; mais si jamais il songe à la changer, il doit le faire du consentement et de la volonté de tout le métier».

Fig 21

La Cathédrale de Chartres au XVIe. (Bibliothèque municipale de Chartres).

Les loges se trouvaient lelong de l'église du côté sud. Il y avait successivement la maison de l'oeuvre applée maison d'ardoise, à l'usage du fèvre et des ouvriers de la fabrique et à la suite les Loges jusqu'au portail méridional. (M. Jusselin : La maîtrise de l'oeuvre à N.D de Chartres. Mémoire de la Soc Archéo de Chartres 1926.)

Fig 22

Dessin Palimpseste. Portail du XIIIe siècle. Dans Annales Archéologiques. (Bibliothèque municipale de Chartres).

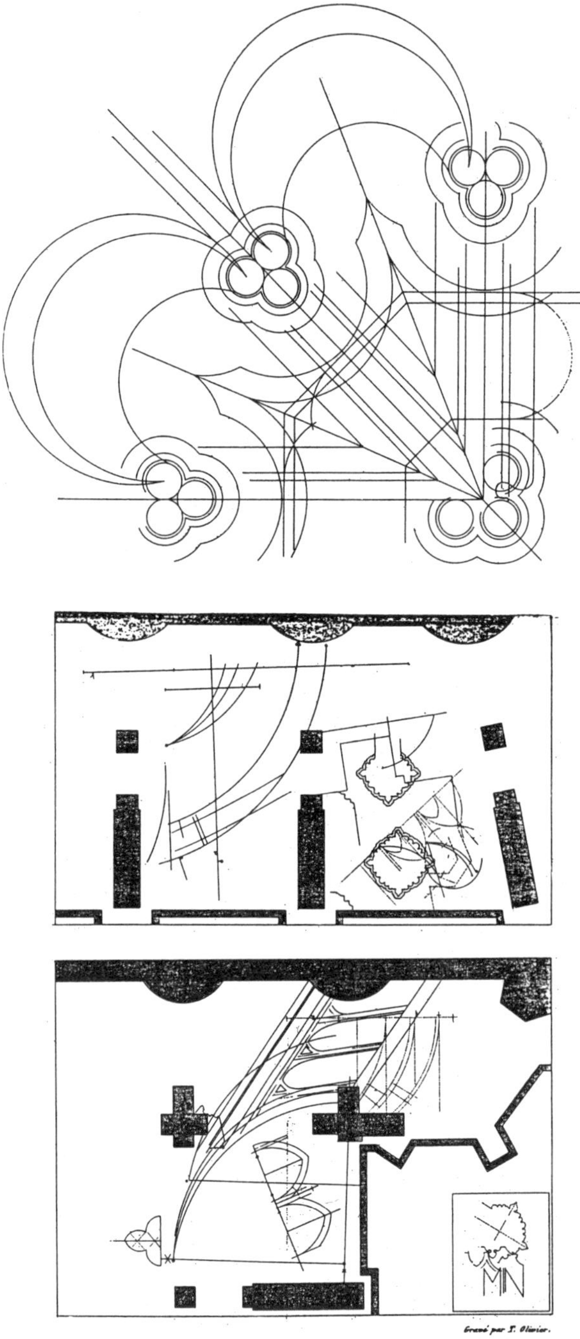

Fig 23

Épures sur granit et Projection sur Parchemin. Reims et Limoges. XIIIe siècle dans Annales Archéologiques. (Bibliothèque municipale de Chartres).

Fig 24

Église de Planès (Pyrennées Orientales). Chapelle triangulaire. Annales Archélo-logiques, (Bibliothèque municipale de Chartres). (Le plan de l'église se fait avec une seule ouverture de compas).

Fig 25

Église de Planès (Pyrennées Orientales). Chapelle triangulaire. Annales Archélogiques, (Bibliothèque municipale de Chartres). (Le plan de l'église se fait avec une seule ouverture de compas).

CHAPITRE VII

Les confréries de métier au moyen Âge

Les confréries de métier au moyen Âge

Ils seront tenus d'être et d'aller chaque année le jour du Saint Sacrement à la procession qui est faite ce jour en l'honneur et par référence à Dieu...

Statuts des poseurs de tuiles d'Amiens, 1411.

Sous le nom de «Spondaie» et de «Philophone», il a existé en Orient du IVe au XIIIe siècle des confréries de «compagnons», dont faisaient partie des chrétiens zélés, vivant dans le monde et pratiquant une vie plus haustère que le commun des fidèles. Les plus anciennes attestations connues jusqu'à ce jour nous permettent de constater l'existence d'une confrérie de ce genre dès le début du IVe siècle.

Dom H.Leclercq, dans son article au mot «confrérie», poursuit : «Ces confréries, qui serviront à l'organisation municipale de colons, ce sont aussi à leur manière des corporations ; rappelons-nous saint Andronic à Antioche avec son groupe de philophones recrutés parmi les orfèvres de la cité, et ces orfèvres philophones, l'hagiographe les appelle «frères». Or une inscription syriaque, datée de 547-548, nous parle d'un portique construit à Babiska par un «frère» sur un terrain acheté par «trois autres frères». Il conclut ainsi : «Sont-ce là encore des philophones ou des membres d'une confrérie de métier? ».

Il pose le problème des origines de ce genre d'organisation. Nous y voyons, concernant les confréries de métier,s des origines très contreversées. Nous pouvons envisager les hypothèses suivantes :

-survivance de coutumes Indo-Européennes;
-des collèges compitaliciens ayant un caractère religieux et ayant existés sous Servius-Tullius.
-des gildes germaniques ou anglo-saxonnes qui avaient coutume de pratiquer des repas en commun et dont Hicmar condamnait les excès au IX e siècle. A la fin du X e siècle, il aurait existé à Winchester des guildes «avec couleur religieuse»; au XIII e siècle à York une guilde des «Corpus Christi».

Quand les corporations apparurent les confréries devinrent en majorité des associations recrutées exclusivement parmi les membres d'un même métier. C'est ainsi que l'on voit apparaître celles-ci au XII e siècle dans la région parisienne, au XIII e dans le Poitou, en 1385 à Marseille.

Certaines confréries de métier ont put également se créer à l'occasion de la construction des grandes cathédrales aux XII e et XIII e siècles, ou tout du moins dans le but de faire oeuvre de piété lors de la construction de ces édifices sacrés[1].

Comme le souligne l'abbé J.J Bourassé : «Les corporations d'ouvriers sculpteurs ou simples tailleurs de pierres avaient pris une extension qui embrassait toute la chrétienté». Et il cite ce qu'il appelle les «logeurs du bon Dieu», qui ont fait l'objet du titre de cet ouvrage et qui formèrent une confrérie célèbre, dont les statuts furent approuvés par plusieurs évêques et par les souverains pontifs, qui leur concédèrent des privilèges importants ...»[2].

Ainsi ce document curieux, daté de 1145 et qui est une lettre de Hugues, archevêque de Rouen, écrite à Thierry, évêque d'Amiens relative à des grandes réunions d'ouvriers bénévoles qui faisaient voeux de travailler à l'oeuvre des cathédrales, en esprit de pénitence et de mortification[3]. En voici le contenu :

Les habitants de Chartres, ont concouru à la construction de leur église en chariant des matériaux ; Notre-Seigneur a récompensé leur humble zèle par des miracles qui ont excités les Normands à imiter la piété de leurs voisins. Nos diocésains, ayant donc reçu notre bénédiction, se sont transportés à Chartres, ou ils ont accomplis leurs voeux. Depuis lors les fidèles de notre diocèse, et des contrées voisines, ont formé des associations dans un but semblable; ils n'admettent personne dans leur compagnie, à moins qu'il ne soit confessé, qu'il n'ait renoncé aux animosités et aux vengeances, et ne se soit réconcilié avec ses ennemis. Cela fait, ils élisent un chef sous la conduite duquel ils tirent leurs chariots en silence et avec humilité.

La confrérie avait un caractère à la fois charitable et religieux. Les liens corporatifs n'étaient pas les seuls à unir entre eux, apprentis, compagnons et maîtres appartenant à un même métier. En même temps qu'il était membre d'une corporation, tout membre d'un métier se devait d'appartenir à la confrérie de ce métier. Il semble même que cette appartenance avait requis un caractère obligatoire depuis une période très ancienne.

«Les avantages de ces associations, dit Ch. Ouin-Lacroix[4] en rendirent la coutume si générale, que, depuis les métiers les plus obscurs jusqu'aux plus brillants, il ne s'en vit pas un seul qui ne possédait sa croix, sa bannière, son chapelin, ses statuts».

Comme nous allons le préciser, à partir de statuts, d'ailleurs assez tardifs (xve siècle et au-delà), nous pouvons nous faire une idée assez exacte de son fonctionnement : -saint patron - chapelle dans l'église paroissiale - coffre où étaient rangés les ornements sacerdotaux - l'orfèvrerie - les livres liturgiques. La veille des fètes patronales on chantait aux vèpres ; le jour même : grand messe, sermons, distribution de pain bénit, procession où se portaient les étendards du métier, puis le banquet.

L. du Broc de Segange[5] souligne, quant à lui, qu'un des premiers articles de chaque confrérie, consacrait rigouresement, sous peine d'une forte amende, le repos du dimanche et des fêtes que nous voulons être «employées au service divin, conformément aux constitutions canoniques» (Statuts des Charpentiers de Paris de 1651).

Le «Livre des Métiers», que j'ai eu l'occasion de citer maintes fois dans cet ouvrage, mentionne déjà au xiiie siècle, l'existence de «la boîte» ou de «l'aumône», dans un certain nombre de métiers.

C'est ainsi que dans le 48ème Statut, celui des : «maçons, tailleurs de pierres, mortelliers et plâtriers» ; le plâtrier qui n'a pas fait «une bonne mesure de plâtre», sera condamné à payer deux sous d'amende à la «chapelle Saint Blaise».

Chez les orfèvres, celui qui commet une infraction à la règlementation du métier doit payer une amende «à la boîte de la Confrérie des Orfèvres», qui servira tous les ans, à Pâques, à offrir un repas aux pauvres de l'Hôtel-Dieu. Cette institution a dû existér dans bon nombre de métiers au siècle de saint Louis.

Ce double caractère, à la fois charitable et religieux se conserve dans les très nombreuses confréries du xve et du xvie siècle. Certaines confréries ne comprenaient que les gens d'un même métier, d'autres comprenaient des gens de métiers similaires ; c'est le cas à Amiens (1462) ou la Confrérie de St. Éloi ne comprenait pas moins de treize métiers : orfèvres, sérruriers, maréchaux, potiers d'étain... Il semble, cependant, que les orfèvres aient décidé d'entretenir leur propre cierge et étendard, et de ne participer qu'à l'entretien des draps et torches pour les enterrements.

C'est le cas de la confrérie des maçons et charpentiers de Castelnaudary crée en 1560, qui ne comprenait que des maîtres de chacun de ces deux métiers (reproduite en Annexe). On peut même noter, souligner : H. Hauser[6], que «dans les Statuts rédigés ou renouvelés à la fin du xve, ou au xvie siècle, une tendance à rendre la confrérie obligatoire pour les membres de chaque communauté», se fait sentir.

C'est ce que nous pouvons observer dans le texte en provenance d'Amiens daté de 1407, concernant la corporation des maçons. Ce texte, reproduit en annexe, dit en substance : «tous ceux du métier qui gagnent de l'argent dans la dite ville (d'Amiens), seront tenus d'être dudit cierge, de entrer en icelui...». Ce caractère d'obligation semble même d'après ce texte, bien antérieur à la date mentionnée par H. Hauser. Le «cierge», dont ils est question ici, fait référence à la confrérie qui entretien un cierge, dans la chapelle réservée à celle-ci, et qui brule en permanence.Le meme mot servant à designer le nom de la confrerie, et le cierge, porté en procession le jour de la fête du métier.

Ce même texte mentionne plus loin un personnage appelé «Sergent ou Clerc du cierge du métier», ce qui laisse à penser que des religieux pouvaient, indirectement, faire partie d'un métier, en tant que gardiens de la confrérie. Ceci illustre bien l'origine religieuse et corporative de ce type d'association. Le clerc du cierge recevait une gratification des membres de la confrérie, comme nous pouvons le lire dans ce texte. Cependant, pour les autres métiers de cette cité, il est fait mention des «maîtres et gouverneurs du cierge du métier», sans autres précisions. Cela voudrait-il dire que la corporation des maçons comprenait à la fois des laÏcs et des clercs?

Il semble, en outre, que ces «maîres de confréries» ne pouvaient refuser cette distinction qui leur était donnée, comme il est prévu dans les Statuts des Chaussetiers d'Amiens (1455) : «Tous ceux qui seront nommés maitres dudit cierge par les dits eswars (ou esgards ou gardiens du métier), seront tenus d'être maîtres dudit cierge, sans pouvoir le refuser lorsque l'on désignera (affulera) leur chapelle, ainsi qu'il est accoutumé de faire depuis toujours ...».

Le centre de la confrérie, c'est la chapelle du Saint sous la protection duquel elle est placée[7].

Le choix du saint patron de la confrérie était une des premières préoccupations de ses membres.Souvent c'était un saint dont la profession avait un rapport plus ou moins lointain avec le métier.

Pour les drapiers-chaussetiers d'Amiens (1600), les articles additionnels aux statuts prévoient que la dite communauté prendra pour patron St. François, et fera «poser son image en la chapelle de St. Nicaise, dans l'église cathédrale d'Amiens».
C'est ainsi que St. Fiacre était préféré par les jardiniers, St. Yves par les avocats, St. Crépin et Crépinien par les cordonniers, St. Thomas par les maçons et tailleurs de pierres, St. Éloi par les orfèvre.

Cependant l'analogie n'existait pas toujours et la grande renommée d'un certain nombre de saints les fit adopter par certains corps de métiers.

Comme le souligne L. du Broc de Segange «les patrons de ces associations étaient choisis d'après certains faits et gestes tirés de leurs légendes qui avaient fixés plus particulièrement l'attention populaire».

La base de ces confréries de métier était donc essentiellement chrétienne.
Les maçons parisiens au XIIIe siècle s'étaient mis sous la protection de saint Blaise ; ceux de Castelnaudary associés aux charpentiers, sous celle de saint Joseph ; de saint Luc, pour les maîtres et compagnons, peintres, tailleurs d'images, plombiers, verriers, tapissiers et enlumineurs d'Abbeville ; saint-Éloi pour les orfèvres de la ville de Troyes et d'Amiens ; saint Crépin et saint Crépinien pour les cordonniers au XVIe siècle à Amiens.

Pour bien compendre ce qu'étaient les confréries, souligne H. Hauser, le mieux est d'étudier les actes par lesquelles elles ont été crées[8].
On y distingue surtout le motif religieux. Ainsi dans les règlement de la Charité des Tailleurs de Pierres de Montpellier en 1365 : «Les maçons et tailleurs de pierres déclarent s'être associés, à la louange et la gloire de Dieu Tout-Puissant et vouloir, pour l'accroissement des aumônes de la charité de leur métier qu'il est communément coutume de faire à Montpellier en la fête de l'Ascension du Seigneur».

Ainsi dans le préambule des statuts de la confrérie des plombiers étaimiers de Rouen :
«Pour la bonne et sociale dévotion que nous avons à Dieu le Créateur, à sa Très Sainte Mère, au glorieux St. Michel, à saint-Magdeleine et à sainte Catherine, nous nous sommes associés ensemble dudit métier de plombier et étaimier, en invoquant Dieu et les bons Saints et Saintes, que... il leur plaise d'être médiateurs et intercesseurs envers notre Sauveur et Rédempteur Jésus-Christ...»[9].

Celle des brasseurs de Saint-Omer est crée : «tant au bien, profit et utilité de la chandelle[10] d'icelui métier, comme aussi de ce qu'outre pourront à succession de temps pour employer en ornements et autres choses nécessaires à l'entretènement et service divin que annuellement ils font célébrer...».

E. Male[11], souligne que : «à la fin du Moyen Âge les confréries de Métier restèrent fidèles à leurs origines religieuses. Jamais le saint patron qui protègeait le métier n'à été plus fêté qu'en cette fin du Moyen Âge. Dans l'église il avait sa chapelle où se réunissaient maîtres et compagnons, et souvent, près de l'autel se voyaient les chefs-d'oeuvre de maîtrise». Ce dernier détail est intéressant à plus d'un titre, on y voit se généraliser le «Chef-d'Oeuvre», qui semblait inconnu auparavent.

C'est un effet, à partir de cette période de la fin du Moyen Âge que l'on commence à voir apparaître le chef-d'oeuvre comme étape nécéssaire qui permettait au compagnon d'accéder à la maîtrise. Les maîtres voulant faire une sélection afin que le nombre de maîtres reste limité.

Il précise plus loin : «nous n'avons plus aujourd'hui la moindre idée de ce que fut la vie chrétienne à la fin du Moyen Âge. Jamais l'homme ne fut moins isolé. Divisé en petits groupes, les fidèles formaient d'innombrables confréries. C'était toujours un saint qui les rappochait, car les saints étaient alors le bien qui unissait les hommes...».

Certaines corporations avaient leur propre église, poursuit-il, c'est le cas, dans la ville de Rouen, de Saint-Etienne des Tonneliers, Sainte-Croix des Pelletiers... rassemblés dans la même rue, les artisans étaient encore réunis à l'église aux pieds de la statue de leur saint. Tous alors, du maître à l'apprenti, appartenaient à la même confrérie, et il semblait que le métier fût d'abord une association religieuse...»[12].

N'oublions pas que, c'est grâce aux corporations et, probablement aux confréries de métier, du XIIIe siècle ; que nous avons ces merveilleux vitraux illustrant la corporation d'alors, et montrant par là même la ferveur réligieuse de cette époque où chaque métier sans exception, avec plus ou moins d'argent dont il disposait avait désiré figurer dans la cathédrale, et se «signer» à la suite de l'histoire du saint dont il se réclamait et dont la verrière relate la vie et les miracles.

Les orfèvres de Troyes[13] firent don à l'église de la Madeleine d'une vérrière, illustrant la vie de St. Éloi. On y lit cette inscription pleine de foi : «Les orfèvres, par dévotion à St. Éloi,font cette verrière, voulant obtenir rémission de leurs péchés et grâce entière...Que la paix de Dieu leur soit faite pour ce bienfait en Paradis.(1506)». On vit encore, dans l'église de Pont-Audemer, le vitrail que les boulangers firent faire en 1536, en l'honneur de saint Honoré, leur patron. La confrérie des cordonniers a offert des vitraux consacrés à la légende de saint Crépin et saint Crépinien, dans une chapelle de l'église de Gisors, l'église de Clermont-d'Oise et l'église de Bourg-en-Bresse. Dans les plus petites villes, et jusque dans les villages, on trouve quelque trace des confréries ouvrières[14]. Nos villes du Midi avaient été enrichies par les confréries de métier, d'un grand nombre de retables peints ou sculptés.

Le centre de la confrérie c'est, nous l'avons dit, la chapelle du saint sous la protection duquel elle est placée. Les symboles essentiels sont : le cierge, que l'on porte aux processions[15] ainsi chez les poseurs de tuiles d'Amiens, en 1441 : «Ils seront tenus d'être et d'aller chaque année le jour du Saint Sacrement à la procession qui est faite ce jour en l'honneur et par référence à Dieu, dans cette ville ; de porter le cierge du métier à la dite procession, et aussi d'être à la messe qu'ils feront dire après la procession..», le drap qui sert aux enterrements et la bannière avec les emblèmes du métier. On peut se référer au texte des Tailleurs de pierre de

Montpellier, qui commandent une bannière, à un maître verrier du nom de : Le Tangart.

Nous avons parfois des précisions intéréssantes les concernant. Ainsi à Amiens (1462) : «Ils (les orfèvres) et leurs prédécesseurs, avaient et ont encore, un bel et notable cierge, qu'ils portent chaque année, en la dite procession du Saint Sacrement, qui était fais de bois (à six carrés?) et un cerclage de fer autour. Et depuis quarante ans déjà, les dits orfèvres et leurs compagnons dudit métier, les avaient faits refaire à neuf, et cela leur avait couté un grand nombre de deniers, qu'ils avaient eux-mêmes payés, tellement que ledit cierge était le plus notablement connu et était le plus richement oeuvré et orné d'or qui fut, en la citée d'Amiens».

Les draps servaient à recouvrir les corps des membres du métier «qui allaient de vie à trépas». Comme il est dit, toujours dans la Confrérie de St Éloi : «Ils devaient avoir le plus beau et le meilleur, pour mettre sur les corps de ceux dudit métier qui allaient de vie à trépas», lorsque on les portait en terre, et faire le service de l'église; ils devaient en outre avoir deux torches, qui devaient être allumées lorsque l'on portait les corps en terre.

La bannière contenant les emblèmes du métier est signalée dans cette même confrérie : «chacun desdits XIII métiers avaient une bannière et enseigne de leur dit métier attachée audit cierge, de même ils avaient un valet commun au service de chacun des treize maîtres de la confrérie ...».
Nous voyons, en passant, qu'il y avait autant de maîtres de la confrérie, qu'il y avait de métiers représentés dans celle-ci. Il est intéressant de voir que ces confréries de métiers, tout du moins au travers de celles que nous étudions, se voulaient parfois très élitistes, ainsi, la confrérie de St. Éloi, à sa requête, impose à l'échevinage que : «quiconque voudra lever la maîtrise de fèvre, taillandier, ou maréchal, devra être bourgeois et présenter un chef-d'oeuvre» (1462).

Il semble, d'après D.Branche (Annales Archéologiques de V.Didron,T.3,P.218), que les premiers blasons qu'on adoptées les corporations et les confréries, ont été le blason religieux. Les armoiries représentant le patron de la confrérie sont antérieurs à tous les autres. La confrérie à pour recettes les droits d'entrée, les cotisations annuelles et les amendes de toutes sortes.

Le nouveau reçu doit payer 10 sous à la «Charité des Peyriers de Montpellier», 5 sous tournois au «Luminaire de la lampe des peyriers» (1365); une livre de cire seront payés à Amiens, au «profit dudit cierge» (1407); enfin 10 sous seront payés à la Confrérie de saint Luc d'Abbeville, pour leur «bienvenue».

Enfin, les amandes, dans cette même ville d'Amiens, seront payées au «sergent ou clerc du cierge dudit métier». etc

Pour la confection de son chef-d'oeuvre le compagnon sera tenu de verser 50 sols, dont la moitié ira à la Confrérie de saint Luc, l'autre moité aux maîtres pour leur «visitation au dit chef d'oeuvre», c'est-à-dire pour leur temps passé à examiner le travail du compagnon. (1507 : Abbeville).

Chez les tailleurs de pierres de Montpellier (1586), le nouveau maître qui vient de faire son chef d'oeuvre, sera tenu de payer 20 sous à la «boîte du métier» pour, dit le texte : «subvenir aux pauvres maîtres nécessiteux et aux pauvres compagnons passants ou malades».

Parfois, les gardiens du métier sont en même temps les bayles (ou baillis) de la confrérie ; c'est ce qui se voit dans le Midi[16]. Dans la confrérie des maîtres maçons et charpentiers de la ville de Castelnaudary, chaque année deux bayles (ou baillis) doivent nommer quatre personnages (deux maçons et deux charpentiers) qui doivent les remplacer et à qui ils sont tenus de passer le livre des comptes de la confrérie. Notons, au passage, que cette confrérie ne semble contenir que des *maîtres* de chacun des deux métiers. Parfois, les bayles de la confrérie sont en même temps les gardes du métier ; à Saint Ouen, au contraire, la confrérie est administrée par des gouverneurs spéciaux ; de même à Rouen elle élit un prévôt, un clerc et des servants[17].

Pour créer une confrérie nouvelle, il faut l'autorisation de l'autorité séculière, royale, seigneuriale ou municipale ; une fois crée, la confrérie est soumis à celle de l'official[18].

Les principaux actes de la confrérie sont la célébration des messes confraternelles. Les drapiers de Toulouse (1464) se réunissaient tous les ans, le 1er mai, dans l'église de Saint Sernin, pour y célébrer une grand-messe en l'honneur de Dieu et de la glorieuse Vierge Marie». Chez les parcheminiers de cette ville (1465), «tous les maîtres, les valets et les apprentis dudit métier seront tenus, le jour de la fête Notre-Dame de février, d'aller entendre dévotement la messe en ladite chapelle; de plus les maîtres devront y assister à une messe un dimanche par mois, «et avertir leurs valets et massips et apprentiz d'y venir»[19]. Chez les Ménestriers d'Amiens (1627), «les maîtres dudit métier seront tenus d'entretenir la Confrérie de Notre-Dame; dans une chapelle de la grande église de cette ville, et dont la fête est le jour de la conception de la Vierge le 8 décembre, lequel jour, à onze heure, se chante une messe à haute voix, avec les orgues et la musique, et le lendemain, la messe des Trépassés. Que les fêtes solennelles de la Vierge, la messe se chantera ainsi qu'il est accoutumé»[20].

Les maîtres et compagnons du métier se doivent d'assister aux obsèques d'un des leurs; tout manquement est puni d'une amende qui va, pour moitié à la «boite» du métier. Ainsi à Abbeville (1507), «tous maîtres anciens et nouveaux des dits mestiers seront tenus dévotement «quand il plaira à nostre Rédempteur que l'un d'iceux maistres ira de vie à trespas», d'accompagner le corps du trépassé.

Les «honneurs du métier» étaient aussi d'usage à Amiens, pour accompagner les confrères aux grandes étapes de la vie, mariage, décès. Ainsi chez les maçons : «Tous les maîtres du métier seront tenus d'assister à tous les honneurs. Les maîtres du métier, allant au dis honneurs, seront tenus d'oter leurs tabliers, afin d'ètre correctement habillés» (1560).

Pour chaque décès de maître ou compagnon (tailleurs de Nantes : 1471), on célébrera dix messes, dont une à note, c'est-à-dire en musique, et «pareillement pour les femmes étant en ladite confrérie» ; les serviteurs du métier non compagnons qui auront payé leur cotisation un an et plus auront cinq messes, dont une à note. Tous les confrères doivent (Brasseurs de Saint Omer, 1452) «accompagner le corps de ceux des maîtres et de leur femmedudit métier qui,dorénavent trépasseront en cette ville». Chez les drapiers de Toulouse (1464), l'absent paiera «un quart de quintal d'huile destiné aux lampes des corps des saints.»

A la suite de la messe annuelle, avait lieu dans la même chapelle, l'assemblée qui élisait les autorités de la confrérie.

D'après celle-ci, les maîtres se réunissaient en un banquet, auquel il fallait assister sous peine d'amende. Les femmes du métier semblaient en être exclues, peut-être à cause des libertés de paroles qui règnaient alors[21].

Quelles relations les confréries de métier avaient-elles avec l'autorité royale? Il faut bien reconnaître qu'elles n'ont jamais été très bonnes. L'état ne voyait pas toujours d'un très bon oeil ces organisations qui échappaient à son autorité et qu'il considérait peut-être à tord comme des coalitions ennemies de la puissance publique ! [22].

J.G.Findel[23] dans son ouvrage sur les Tailleurs de pierres allemands, ou *Steinmetzen,* dit en substance, à propos des confréries

«Les confréries existantes à cette époque furent néanmoins condamnées en 1189 par le concile de Rouen (can.XXV), ainsi qu'en 1326 par le concile d'Avignon, dont le canon.XXXVII porte que les membres de la confrérie s'assemblent une fois par an, s'engagent par serment, à la charité et à l'assistance mutuelle, portent le même costume, et ont des signes de reconnaissance ; qu'ils choisissent un président auquel ils jurent obéissance. Par ces signes la justice a été souvent violée, le meurtre et le vol commis, la paix et la sécurité détruite, et les églises et les ecclésiastiques, qui sont un objet de haine toute particulière de ces ligues, ont été malmenés et lésés. Pour ces motifs nous dissolvons toutes ces ligues.Toutefois, cette ordonnance ne s'applique pas aux confréries instituées en l'honneur de Dieu, de la Vierge et d'autres saints en vue de secourir les pauvres ; dans ces sociétés, d'ailleurs il n'y a ni conjuration ni serment.»[24].

Il y a lieu de distinguer dans ce texte, les confréries pieuses ou de métiers, «instituées en l'honneur de Dieu, de la Vierge, et des saints», constituées dans un but de charité et de secours mutuel, de véritables ligues, qui ont pu exister et qui ont toujours comploté contre l'autorité de l'état.

Je ne sais si les confréries de métier étaient visées dans cette interdiction. Peut-être ont-elles été parfois trop puissantes aux yeux du pouvoir royal. Si l'on en croit H.Hauser, on serait tenté de répondre par l'affirmative.
Il dit qu'au XIVe siècle, elles furent supprimées, mais qu'elles «se reconstituèrent secrètement», et se firent de nouveau reconnaître par l'autorité[24].

En 1498 une loi interdit à Paris toute assemblée et tout banquet, sous prétexte de confrérie. Le 28 Juillet 1500, nouvel arrêt faisant défense au prévot de permettre l'ouverture de nouvelles confréries, «sous ombre de métiers ou de marchandise». Les examinateurs du Châtelet devront examiner les métiers qui ont érigés des confréries et de qu'elle autorité «ils s'assemblent, conspirent et monopolent», sous prétexte de confréries. Cette dernière phrase voulant dire : se rendre coupable du délit de coalition.

Le 25 Mai 1535 un arrêt du Parlement défend formellement aux maîtres des métiers, jurés ou non jurés, d'avoir des confréries dans la ville de Paris ou dans les autres villes du ressort, et d'y faire des «assemblées et monopoles»[25].

C'est ensuite le fameux édit de Villers-Cotterets (1539), qui interdit les confréries. L'ordonnance recevra un début d'exécution, puis les drapiers de Paris montrèrent que depuis trois cent ans ils avaient une chapelle en l'église des Saints-Innocents ; par une lettre patente du 19 avril 1541 le roi les exempta des arrêts de 1539.

En fait, d'autres exemptions furent peu à peu accordées et bientôt l'Ordonnance de 1539 resta sans effet.

L'ordonnance rendue par Charles IX en 1561 se borne à rappeler que l'argent ne doit servir, en dehors du service divin, qu'à des oeuvres d'assistance ou d'instruction : preuve indirecte que les confréries se sont reformées en secret[26].

Si le pouvoir royal ne put jamais faire disparaître complètement les confréries de métier, c'est que celles-ci étaient très fortes et correspondaient à une double nécessité : celle d'assurer la protection divine sur le métier par le biais du saint patron et celui de l'entraide fraternelle aux plus défavorisés[27].

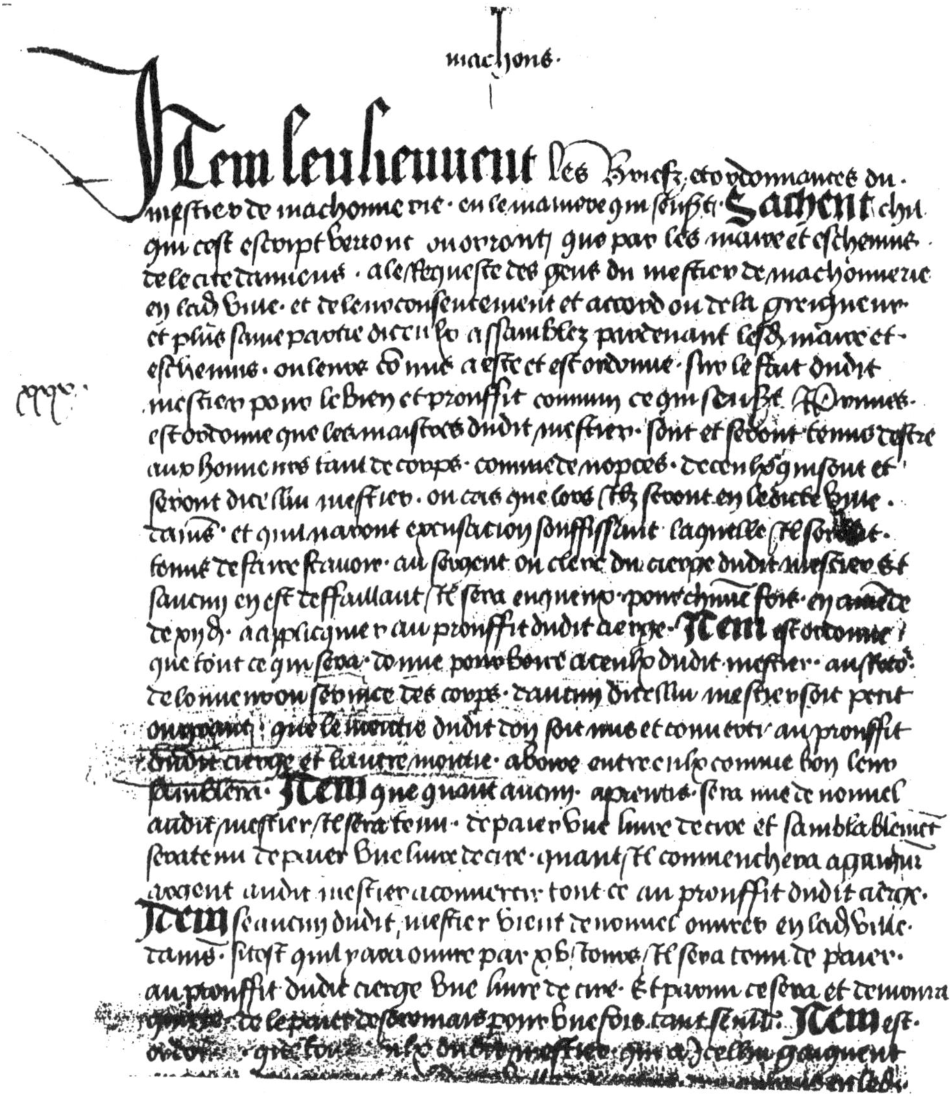

Fig 26

Registre aux Chartes de la ville d'Amiens. Côté AA13. Brefs et Ordonnances des maçons d'Amiens (15 juin 1407). (Bibliothèque municipale d'Amiens).

Notes

1. C'est le cas, en particulier d'une confrérie de métier qui s'était crée lors de la reconstruction de la cathédrale de Bayeux, vers 1150. (Archives dép du Calvados).

2. J.J Bourassé, *Archéologie chrétienne ou précis de l'histoire des monuments religieux du Moyen Âge* 7ème Éd. Tours, 1867. Mama et fils.

3. Cité par l'abbé J.J Bourassé dans *les plus belles cathédrales de France* p. 268, Tours 1887. L'origine de ce texte se trouve dans les annales Bénédictines de Dom Mabillon.

4. Ouin-Lacroix : *Histoire des Anciennes Corporations d'Arts et Métiers et des confréries religieuses de la capitale de la Normandie*, 1850, Rouen.

5. Louis du Broc de Segange : *Les Saints Patrons des Corporations et protecteurs, spécialement invoqués dans les maladies et dans les circonstances critiques de la vie,* 2 Tomes, 552 p et 634 p, Paris 1887.

6. H. Hauser : *Ouvriers du temps passé*, XVe et XVIe siècles, F. Alcan 5ème ed 1927, p.162 et suiv.

7. H. Hauser p. 162.

8. H. Hauser p. 163.

9. Ouin-Lacroix : Histoire des Anciennes Corporations d'Arts et de Métiers de la capitale de la Normandie», p. 218.

10. C'est le cierge qui brûle en permanence dans la chapelle du saint patron du métier.

11. E. Male : *l'Art religieux de la fin du Moyen Âge en France*, A.Colin Éd, p. 167 et suiv.

12. E. Male. p. 167.

13. E. Male. p. 171.

14. E. Male. p. 171.

15. H.Hauser p. 162

16. H. Hauser. p. 163.

17. H. Hauser. p. 163.

18. H. Hauser. p. 163.

19. H. Hauser. p. 163.

20. H. Hauser. p. 164.

21. H. Hauser. p. 165.

22. H. Hauser. p. 166.

22. J.G. Findel : *Histoire de la Franc-Maçonnerie depuis son origine jusqu'à nos jours* trad. de l'allemand par E.Tandel, 1866, 2 vol.Note en bas de la page 70.

23. Cette note fig. aussi dans le livre de R. Amadou : *La tradition maçonnique*, p. 24 dans le chapitre consacré aux confréries de métier.

25. H. Hauser p. 166.

26. H. Hauser p. 167 et suivantes.

27. Les chapitres pouvaient fort bien à l'occasion faire oeuvre de bienfaisance à l'égard d'ouvriers ayant travaillé à l'oeuvre de la cathédrale et qui étaient tombés dans la misère. Ainsi au XVIIe siécle, le chapitre de Chartres viendra en aide à un ancien charpentier de l'oeuvre, tel que nous le voyons dans le document suivant : «27 Février 1658, Vastin Gascouen, ancien et fort pauvre charpentier, qui, aux occasions, a rendu de bons services à l'Église, vient demander l'aumone. Le chapitre lui a donné six livres». (Lecocq p. 467 : *la cathédrale de chartres et ses maîtres de l'oeuvre* 1874). Mémoire de la Société Archéologique d'Eure-et-Loire.

Annexe 1
Les saints patrons des tailleurs de pierres

Les guildes ou ghildes de maçons et de tailleurs de pierres, comme toutes les autres corporations, vénéraient un certain nombre de saints patrons; et cela depuis des époques très anciennes.

Sans pour autant vouloir établir une liste exaustive, nous allons essayer d'étudier la vie de ces différents saints, et essayer ainsi, de voir pourquoi les guildes et corporations de métier du batiment, les ont ainsi choisis comme protecteurs et patrons.

Saint-Blaise (Blésius), IIIe et IVe siécles, fèté le 3 Février.

Le Livre des Métiers (XIIe siècle), dans le 48ème statut relatif aux métiers du bâtiment fait référence aux «amendes à la chapelle Saint-Blaise», pour ceux qui auraient enfrunt aux règles du métier.

Qui était saint Blaise ?

Saint Blaise aurait été médecin à Sébaste en Arménie. Comme il brillait par sa bonté et par sa sainteté, les chrétiens l'élevairent au siège épiscopal de cette cité; mais pour fuir la persécution de Dioclétien, il fut obligé de se réfugier sur une montagne nommée Argée».

L'histoire raconte qu'il vivait retiré dans une caverne, au milieu des bêtes sauvages qu'il guérissait des maladies. Il fut repéré dans sa retraite et amené sur les ordres d'Agricola, gouverneur de la Cappadoce, sous l'empereur Licinius. Il fit de nombreux miracles et pendant sa captivité il conféra le baptème à deux enfants. Devant sa persistance à ne pas vouloir adorer de faux dieux, Blaise fut précipité dans un lac avec une pierre autour du cou, mais, «se relevant bientot, il marchait sur les eaux comme sur la terre ferme, et conviait les infidèles à le suivre».

L'histoire raconte encore que «soixante cinq soldats voulurent répondre à son invitation et furent noyés immédiatement. C'est alors qu'Agricola exaspéré, fit trancher la tête de Blaise et celle des deux enfants. Les sept femmes qui avaient précipité les faux dieux dans le lac, avaient été préalablement martyrisées et décapitées».

Saint Blaise est représenté tenant de la main gauche deux cierges en croix et bénissant un enfant pour le guérir.

Il est aussi représenté en costume d'évêque tenant sa crosse de la main gauche, et de la main droite, un des principaux instruments de son supplice : corde, rateau de fer, rape.

C'est peut-être par une certaine analogie de ces instruments avec la ripe, la boucharde, le marteau bretté ou à dents, outils utilises par les ouvriers du batiment, que les maçons, les tailleurs de pierres, les plâtriers ; ont choisi saint Blaise pour patron.
Les statuts de la communauté des maçons, tailleurs de pierres, sous le patronage de saint Blaise sont très anciens. Il en est fait mention dans le Livre des Métiers d'Étienne Boilleau sous Saint Louis (XIIe siècle).
Plus tard les statuts, droits et privilèges furent confirmés par Charles IX, Henri IV, Louis XIII et Louis XIV. (Extraits de Louis du Broc de Segange : *Les saints patrons des corporations et protecteurs*, Paris, lib Blon et Barral. 1886).

(Signalé à propos des diverses ordonnances concernant les maçons et les tailleurs de pierre).

Saint Thomas (apôtre), fêté le 21 décembre.

Thomas était galiléen de naissance et pêcheur de profession. Il était dit-on appelé également Didyme, ces deux mots voulant dire jumeau.

L'Évangile parle de lui en quatre circonstances :

La première est qu'après la mort de Lazard, quelques uns des diciples voulaient détourner leur maître en Judée à cause des Pharisiens qui complotaient ; il s'écria : «allons-y aussi nous-même et mourons avec lui».
La seconde est, lorsque Jésus leurs parlant, la nuit de la Cène, des diverses demeures de la maison de son père et du lieu où il allait, il ajouta : «vous savez où je vais et vous en savez la voie». saint Thomas désireux d'apprendre ce chemin lui dit : «Seigneur nous ne savons où vous allez, comment est-il possible que nous sachions le chemin ?». Ce fut alors que Jésus répondit : « Je suis la voie, la vérité et la vie ; personne ne vient à mon Père que par moi. Si vous me connaissiez, vous connaîtriez aussi mon Père, et vous le connaîtrez bientôt et même vous l'avez déjà vu».

La troisième et la plus célèbre eut lieu après la résurrection du Sauveur. Saint Thomas ayant été absent lorsque Jésus Christ apparut à ses apôtres dans le sénacle, ceux-ci lui dire : «nous avons vu le Seigneur. Saint Thomas aurait dit que s'il ne voyait pas «dans ses mains les trous produits», il n'y croirait pas. Huit jours après il apparut de nouveau à ses apôtres et c'est alors qu'il s'adressa à Thomas : «porte ton doigt ici lui dit-il, en lui montrant ses mains et mets la dans mon côté et ne soit plus incrédule, mais fidèle». C'est alors que l'apôtre senti sa foi se réveiller. Le maître lui dit alors : «parce que tu m'a vu Thomas, tu as cru, bien heureux ceux qui n'ont

bien vu et qui ont cru».
Saint Thomas est encore cité une quatrième foi lorsqu'avec Pierre, Jacques, Jean, Nathanaël et deux autres disciples, ils virent l'apparation de notre Seigneur.

Après la Pencôte, il prêcha l'Evangile à Jérusalem et en Judée, là il fut persécuté saisi et fouetté par les Juifs. C'est à lui qu'échut d'aller en Orient au moment où les apôtres se partageaient pour évangéliser le monde.

Dans ces contrées lointaines il rencontra des mages et il leur fit le récit de la Passion, de la mort et de la résurrection de Notre-Seigneur.

On pense qu'il est allé chez les Ethiopiens,les Abyssins, les Parthes, les Mèdes, les Perses, en Inde chez les Brahmanes, dans l'île de Ceylan et jusqu'en Chine.

C'est dans les Indes orientales qu'il entreprit ses prédications et projeta de bâtir une église.Il s'opposa, dit la légende, au roi et aux prètres de ce pays. La mer qui était éloignée de dix lieues de la ville, jeta sur le rivage une «poutre» énorme que le roi, dit toujours cette légende, aurait voulu employer pour construire sa propre maison.Mais, ni ses ouvriers ni les éléphants, ni les machines ne purent la déplacer. C'est alors que Thomas s'offrit de la déplacer lui meme, à condition qu'on là lui donne, pour bâtir son église.

Le roi lui accorda immédiatement cette autorisation, sachant qu'il ne pourrait, tant elle était lourde, la déplacer. C'est alors que Thomas, «ayant attaché sa ceinture à un noeud de la poutre, l'emmena à la stupéfaction de tous, avec la plus grande facilité».

La légende raconte enfin, qu'à la vue de ce miracle, le roi Sagame se convertit, ainsi que les princes ses voisins.

Thomas bâtit donc son église et l'éleva avec la plus grande magnificence . C'est à cette errection qu'il faut attribuer l'origine du patronnage «des ouvriers du bâtiment, des maçons, des tailleurs de pierres et des architectes».

Une autre légende est relatée par Du Broc de Segange : «Un roi de l'Inde du nom de Gondoforus, ayant ouï parler des magnificences de Rome, résolut de bâtir dans sa capitale de grands monuments et, à cet effet, il donna mission à son ministre Albanes d'aller chercher un habile architecte. Albanes ramenz avec lui saint Thomas, qui lui avait été présenté par Jésus Christ, lui même, comme un constructeur hors ligne».

Il y a deux versions à propos de sa mort : la première prétend qu'il aurait été tué d'un coup de lance, par un brahmane jaloux, alors qu'il priait agenouillé ; la seconde prétend que Thomas fût tué par les soldats.

saint Thomas porte comme attributs : la lance, instrument de son martyre, et l'équerre comme patron des architectes. (voir la gravure).

Parfois il porte une grosse pierre, comme ayant été lapidé, avant d'être percé par la lance.(Extraits de Louis du Broc de Segange, déjà cité).
(Saint Thomas est mentionné dans «The Genésis of Freemasonry», comme le saint patron des maçons et tailleurs d'Angleterre, au Moyen Âge ; alors que saint Jean l'est pour les maçons d'Écosse ; voir l'article sur les «Quatres Couronnés»).

Saint-Claudius, Nicostratus, Castorius et Simplicius.

Sculpteurs et martyrs : IVe siècle. Fêtés le : 8 Novembre. (Voir l'article qui leur est attribué).

Enfin, saint Jean l'Évangéliste apparaîtra bien plus tard, lorsque la maçonnerie acceptera dans ses rangs des membres ne faisant pas partie du métier, ce qui, montre bien que cette «maçonnerie opérative» ne recellait pas que des «secrêts» de métier, mais aussi tout un enseignement spirituel qu'elle avait héritée des cloitres et des monastères.

D'ailleurs, cette référence faite à saint Jean, est peut-être, plus ancienne qu'on ne le pense. Les historiens anglais de la maçonnerie, Jones et Hammer («The Genésis of Freemasonry»), en même temps qu'ils citent saint Thomas comme patron des maçons anglais, indiquent que saint Jean l'était pour les maçons écossais. Les tailleurs de pierres allemands (Steinmetzen), l'avaient aussi comme saint patron.

Nous avons déjà signalé la référence faite à «Saint Johanes Evangélista», sur un écusson appartenant à la Confrérie générale de tous les tailleurs de pierres, dans toute l'étendue de l'Empire, qui lui avait été octroyée par Maximilien Ier, à partir du milieu du XVe siècle (Annales Archéologiques de V.Didron, Tome VIII, 1850). L'historien allemand de la maçonnerie, G. Findel parlera des «confraternités de saint Jean» pour faire référence aux guildes et confréries de tailleurs de pierres au sein de l'Empire germanique.

Note sur la tapisserie de Terminiers (Eure-et-Loir). (Dans bulletin de la Société Archéologique d'Eure et Loire ; inventaire monumental.)

Cette tapisserie est intéréssante à plus d'un titre. Elle semble être de la fin du Moyen Âge (XVIe siècle), est un fragment (0.45m X 0.50m) d'une tapisserie dont on ignore quels pouvaient être les motifs du fragment disparu. La partie qui subsiste représente deux saints.
Celui de droite tient une équerre, et semble être l'apôtre saint Thomas, dont nous

avons donné quelques éléments concernant la vie et les raisons pour lesquelles il a été choisi comme saint patron des métiers du bâtiment.
Le saint de gauche, «évêque céphalophore», disent les chroniques chartraines, pourrait très bien représenter saint Chéron, martyre chartrain qui était contemporain de saint Denis et qui, par la suite, subit le même sort.

Nous aurons l'occasion d'évoquer saint Chéron, à propos d'une verrière de la cathédrale de Chartres, située non loin de la clôture du choeur, qui avait été «offerte» par la corporation des maçons et à qui elle était dédiée.
Nous parlerons longuement parlé de la «signature» ; attardons-nous un instant sur la vie du saint (patron?), dont les maçons vénéraient la mémoire.

La vie du saint se trouve relatée dans la verrière, d'après le récit liturgique qu'on lisait dans l'office chartrain du XIIIe siècle.

D'après la légende, saint Chéron, serait contemporain de saint Denis. Il serait né d'une famille sénatoriale et, lorsqu'il fut en âge d'étudier, ses parents le confièrent à un maître qui lui enseigna les «Arts Libéraux». Son biographe ajoute que, «le Ciel l'avait si bien doué, qu'il eut bientôt appris parfaitement non seulement le Trivium, mais aussi le Quadrivium».

Ayant refusé de se marier, pour se consacrer uniquement à Dieu, il entra dans les ordres «où il monta jusqu'au sixième degré», expression généralement admise comme signifiant le diaconat. Dès lors, Dieu manifesta la sainteté de son serviteur, par les miracles qu'il lui donna le pouvoir d'accomplir[1]. Notre saint en accomplit plusieurs. Il libéra la fille d'un prêtre des démons qui étaient entrés en elle ; rendit la vue à un aveugle ; fit recouvrer la santé à un cocher qui, étant tombé, s'était brisé les os. Il apaisa une tempête, fit des prédications et des miracles à Marseille, à Lyon et Chartres. Alors qu'il était en voyage avec ses compagnons, il prédit le lieu de sa mort et c'est précisement cette scène que le maître verrier nous présente montrant le saint «assailli par trois hommes». Ses compagnons entendirent sa voix qui les appelait, ils y allèrent et trouvèrent son corps prosterné, comme si le saint était encore en prière, la tète posée sur le bras droit. Ils ensevelirent avec respect ses restes vénérés ; et bientot le tombeau du saint devint célèbre par les guérisons qui s'y oppéraient (2).
Telles sont, résumées en quelques lignes, la vie et la passion de ce saint, telle qu'elle est relatée dans les lectionnaires chartrains, dont le plus ancien date du Xe siècle.

1. «Les vitraux de la cathédrale de Chartres», par l'abbé Y.Delaporte, Houvet ed. 1926, p.339.
2. Y.Delaporte, déjà cité, p.340.

Annexe 2
Saint Éloi, patrons des Orfèvres

Saint Éloi (588-659) est le patron de diverses corporations traitant ou travaillant les métaux, tels les orfèvres, graveurs, forgerons, maréchaux. Il naquit en 588 à Chatelac, près de Limoges.D'après la légende rapportée par Du Broc de Segange (1), un aigle se montra au-dessus de son lit à l'époque de sa naissance, au milieu d'une éblouissante lumière. Un religieux d'un monastère voisin prédit à sa mère qu'elle accoucherait d'un fils qui serait un grand serviteur de l'Église. Aussi, toujours d'après cet auteur, il fut appelé «Eligius», qui est dérivé du verbe «Eligo», je choisis. Il annonçait dès son plus jeune âge des dispositions les plus pieuses et en même temps les plus artistiques. Il fut donc placé chez un orfèvre de Limoges et, lorsqu'il fit preuve de dons certains il vint à Paris et se présenta à Bolbon, alors orfèvre du roi Clotaire II. Ce dernier le choisit pour faire un trône enrichi de pierreries. Il lui délivra donc un certain poids d'or et d'argent, mais, entre ses mains ces métaux se «multiplière» et, au lieu d'un trône, c'est deux qu'il offrit à Clotaire (2). Il acquit alors un immense prestige auprès de la cour, en mème temps que l'affection du roi.

Dagobert qui succéda à son père Clotaire II, fit de St. Éloi son conseiller. Celui-ci exécute alors un certain nombre de chef-d'oeuvres, dont les types principaux, outre les chasses de plusieurs saints, furent les tombeaux de St. Denis et de St. Martin de Tours.

Saint Éloi ne travaillait pas exclusivement à faire des chasses pour les saints, et à les orner avec toute la perfection de son ciseau et de son burin, il secourait aussi les pauvres et les malades. Pour indiquer son logis, on disait à ceux qui le cherchaient : «Allez ou vous verrez une grande foule de pauvres, le bon Éloi est là»(3).

Saint Éloi, au dire des exegètes, menait une vie des plus austère. Il demeurait souvent trois jours sans manger, se contentant de pain sec et ne buvait que de l'eau. Il couchait sur la terre, ne prenait, d'ailleurs, que peu de repos ; employant la nuit à lire ou à composer, ou même à prier (4). Le siège de Noyon étant devenu vacant, Éloi fut élu évêque par le chapitre de cette église.

1. Du Broc de Segange, saint Éloi évêque de Noyon, 1er Déc, p. 504 et suivantes.
2. aut déjà cité, p .505.
3. aut déjà cité, p. 506.
4. aut déjà cité, p. 507.

— Saint Pierre, saint André, saint Jacques Majeur, saint Jean, saint Thomas, saint Jacques Mineur. Sculpture anglaise du xve siècle.

Fig 27

Saint Thomas représenté tenant une équerre, en compagnie d'autres Apôtres. Gravure anglaise dans Annales Archélologiques, (Bibliothèque municipale de Chartres).

CHAPITRE VIII

Les métiers du Moyen Âge sur les verrières de Chartres

Les métiers du Moyen Âge
sur les verrières de Chartres

Les Saints sont eux aussi des figures de Christ, qu'ils n'annoncent plus, comme faisait jadis les prophètes et les patriarches, mais qu'ils s'efforcent de faire revivre (...). Ce sont les petits gens, les maçons, les tailleurs de pierres, les cordonniers, qui ont donné à nos cathédrales la plupart des vitraux consacrés aux Saints.

E. Male. *Art et Artistes du Moyen Âge..*

Dans quelques unes des grandes cathédrales de France les métiers du Moyen Âge figurent sur les vitraux à côté de la vie des saints patrons, souvent, en effet, les corps de métiers, qui au XIIIe siècle commencèrent à se constituer en corporations, montrèrent une générosité en offrant une ou plusieurs verrières à l'église que l'on était en train de construire.

C'était, pour eux l'occasion de faire connaître leur existance en se «signant» en bas de la verrière du vitrail (c'est-à-dire en apparaissant dans l'exercice de leur métier) alors que le haut du vitrail représentait généralement, soit la vie du saint patron de la confrérie du métier (voir article sur les confréries), soit la vie d'un saint qu'ils vénéraient comme protecteur de la corporation.

Comme le rappelle E. Male : «Les saints sont eux-aussi, des figures du Christ, qu'ils n'annoncent plus, comme faisaient jadis les patriarches et les prophètes, mais qu'ils s'efforcent de faire revivre (...). Ce sont les petites gens, les maçons, les tailleurs de pierres, les cordonniers, qui ont donnés à nos cathédrales la plupart des vitraux consacrés aux saints ; aussi la légende populaire y tient-elle autant de place que l'histoire...»[1]. C'est un peu la vie de ceux-ci, à côté de la vie des saints, dont ils prenaient modèle ,que nous allons évoquer maintenant.

Chacun des métiers offrait, suivant ses possibilités, une ou plusieurs fenêtres, plus ou moins grandes, plus ou moins bien en vue dans la nouvelle basilique.

Le corps des métiers du bâtiment, dont cet ouvrage est plus particulièrement consacré est représenté à Chartres, Reims, Laon, Bourges, etc et dans les quelques exemples donnés. Ceux-ci ne sont pas limitatifs, mais servent d'exemples de ce que l'on peut voir en visitant l'une de nos grandes cathédrales. Cet article est plutôt consacré aux autres métiers, dont certains d'ailleurs ont disparu aujourd'hui, ce qui permet d'ouvrir une page de l'histoire sociale du Moyen Âge.

Nous avons vu, dans l'article sur les confréries de métier, que les services religieux dont les artisans des divers métiers avaient coutûmes de faire célébrer, sont des coutûmes fort anciennes. Des associations pieuses furent donc érigées parallèlement à chacun des métiers. Le perfectionnement religieux allait souvent de pair avec le perfectionnement professionnel. L'un et l'autre étaient inséparables, dans ces temps anciens.

«Ces manifestations collectives» écrit G. Aclocque : «étaient particulièrement anciennes dans le domaine religieux. Le désir d'attirer, plus abondantes, les bénédictions de Dieu par des prières en commun avait de bonne heure donné naissance aux confréries. On a, pour quelques-unes d'entre elles, la preuve qu'elles fûrent constituées avant les corporations»[2].

Elle cite dans son mémoire de l'École de Chartes le fait suivant : sur une des verrières de la cathédrale de Chartres (peinte entre 1215 et 1240) «est figuré une bannière ornée d'une chausse rouge, sans doute emblème des chapeliers et chaussetiers qui formèrent une communauté jurée qu'en 1509 seulement». Puis, à propos des tisserands en toile, dont les premiers statuts datent de 1487, et qui offrirent le vitrail de saint Vincent, l'inscription suivante :

«... Ceste : verrière cen : cil : Q»

« Vi Do : Li confrère : Saint : Vine»

Ce qui s'interprête ainsi :

«sur cette verrière sont ceux qui donnent : les confrères de Saint-Vincent»[2].

Aussi à Chartres, «les cordonniers, dont les maîtrises furent établies dès 1484, formèrent dès le XIIIe siècle une confrérie. Au bas de deux fenêtres, est réprésenté un groupe de personnages à genoux soutenant une verrière»[2].

Quoiqu'il en soit, confrèries ou corporations, les métiers dont elles dépendaient, on voulu être représentés sur les verrières de la cathédrale. Elles sont au nombre de quarante cinq et sont répertoriées dans le tableau situé en annexe de cet article, intitulé : «Les corps de métiers donateurs des vitraux du Chartres», extrait de l'ouvrage de l'abbé Y. Delaporte[3]. (Archiviste diocésain et secrétaire de la Société Archéologique d'Eure-et-Loir), ouvrage concacré aux vitraux de la cathédrale de Chartres (Houvet Éd. 1926).

Les métiers :

Boulangers et pâtissiers. Ils offrent à eux seuls cinq verrières et ils se trouvent en bas de la grande verrière centrale du choeur, appelée : «Haute Verrière de Notre-Dame», mesurant douze mètres de haut[4]. D'après le chanoine Marcel Thibault, auteur de l'article cité en référence, le fait de choisir la verrière centrale établit : «un lien entre ce pain qu'ils portent à leurs frères pour leur vie quotidienne et la Vierge présentant l'Enfant Jésus qui bénit et invite tous les pélérins qui entrent à venir partager le Pain de Vie, celui de l'Eucharistie». Ils ont aussi offert la grande verrière représentant Moïse devant le buisson ardent, le vitrail des Apôtres etc.

Viennent ensuite :

les bouchers qui ont offert, eux-aussi une grande verrière située dans le choeur, près du vitrail de la Vierge, celui où l'on peut apercevoir «un ange à six ailes, le prophète Ezéchiel et le roi David qui représente ici la lignée dont Marie est issue»[4].

Nous trouvons aussi cette corporation dans un autre vitrail : celui des «Miracles de Notre-Dame», situé dans le bas-côté sud. Dans l'un et l'autre cas, la corporation s'est «signée». C'est ainsi que l'on peut voir un boucher la hâche levée en train d'abattre un veau où de la viande sur l'étal du boucher.

Autre corporation qui s'est manifestée avec beaucoup d'insistance :**Taverniers et des vignerons.**

Cette corporation a offert le vitrail de saint Lubin qui de simple berger, devin évêque de Chartres ; «nulle part, autant d'insistance»[4]. Ici, chose étonnante, ce n'est pas uniquement dans la signature du bas, que la corporation est présente, mais sur toute l'étendue du vitrail, où l'on voit «des personnages présentant des coupes de vin, un tavernier à la porte de sa taverne, un chien assis à qui l'on sert à boire, un vigneron monté sur un cheval blanc transportant une grosse barrique attachée sur une charette, un tavernier tirant le vin au tonneau dans une cave voutée etc »[4].

L'importance des tavernes est plus grande dans la vie professionnel médiévale, qu'on ne le pense, parfois on y réglait des «affaires», on y discutait des «problèmes concernant le métier». C'est ainsi que à Rouen, le chapitre, «préoccupé de savoir si la tour Saint Romain était assez solide pour supporter un étage de maçonnerie», prenait l'avis de maîtres maçons réputés par leurs compétences professionnelles et dont les noms nous sont connus ; (Le Signère, Ambroise Morel dit «de Saint Maclou» et Jean le Victe). C'est ainsi qu'en : «1472, de concert avec Morel, Le Signère toisait la pierre employée dans la construction d'une partie de l'église Saint Vincent. On voit ces deux maîtres maçons boire ensemble en s'entretenant de leurs expertises à la taverne de l'Agnus Dei»[5]. Nous voyons également, en 1494 un certain Jean Salvart, propriétaire de l'hôtel des : «Quatre fils Aymon» dans la paroisse de Saint Martin du Pont[5]. Ce Jean Salvart fut, lui aussi, maître maçon juré de la cathédrale, et, semble-t-il propriétaire de cet hôtel, dont le nom n'est pas étranger à la mythologie opérative des maçons du Moyen Âge.

Mais, revenons à notre vitrail des vignerons, et au vitrail de St-Lubin, dont le médaillon du haut est «consacré au Saint sacrifice de la messe, donnant ainsi un sens plus spirituel à cet hommage rendu au vin, fruit de la vigne et du travail des hommes, qui, dans l'Eucharistie est changé en sang du Christ»[4].

Les tonneliers et le charpentiers.

Les tonneliers sont dans la lignée professionnelle des vignerons, eux-aussi ont été généreux ; tonneliers, charpentiers et charrons sont représentés «dans le vitrail de Noé». Les tonneliers le considèrent comme le «premier vigneron» et, en même temps, le premier charpentier, puisqu'il construisit lui-même son arche, ce qui le fait reconnaître comme saint patron des charpentiers.

Les charpentiers sont représentés également dans un autre vitrail, figurant dans le pourtour de l'abside, et consacré à «saint Julien l'hospitalier», qui, selon la tradition, avait élevé une «construction en bois», d'où son nom de «l'Hospitalier»[4].

Les Pelletiers et Fourreurs faisaient partie d'une corporation à laquelle figure aussi les drapiers, les tixiers, les guêtriers, les lingers, les fripiers. Celle-ci donnera plusieurs verrières à la cathédrale. Ils figurent en bas du vitrail de Charlemagne et de saint Jacques le Majeur, dans le pourtour de l'abside. On les trouve aussi dans le bas-côté Nord, dans le vitrail de saint Eustache, dont «l'histoire commence par le récit d'une chasse qui est à l'origne de sa conversion»[4].

Les forgerons, les maréchaux-ferrants et les orfèvres avaient comme patron : saint Éloi. Mais ici, ce n'est pas ce saint qui est illustré dans le vitrail offert par cette corporation. Celle-ci a offert le «vitrail de la Rédemption», dans le bas côté Nord.

Les changeurs (lointain ancêtres des banquiers) ont offert plusieurs verrières à la nouvelle basilique «leur patron étant Joseph vendu par ses frères pour trente pièces d'argent et qui fut le grand argentier du Pharaon d'Egypte»[4]. Les relations avec les drapiers chartrains les amenèrent jusque dans la ville, où ils firent commerce de l'argent. Ils jouissaient, comme partout, d'un grand crédit. Ils figurent dans un médaillon où : «la tête revêtue du tresson, ils se tiennent derrière une table sur laquelle sont étalées des pièces d'or et d'argent marquées d'une croix (...) de l'autre côté, l'un des changeurs accueille un client qui tient jalousement sa bourse, l'autre pèse un vase d'or et un troixième personnage, pose la main sur les pièces répandues sur la table[4]».

les porteurs d'eau et maîtres éviers qui offrirent le vitrail de Marie Madeleine dans le bas côté Sud.

Ils étaient moins fortunés que leurs prédécesseurs. Le chamoine M. Thibault relate[4] que : «les échevins de la ville, en 1370, les exemptèrent d'impôts, de taille, de guet et autres subsides. Ils figurent en bas du vitrail, sous la forme de personnages déversant des cruches d'eau, ce qui est une manière symbolique de rappeler le geste du Verseau. Ils n'ont offert que ce vitrail, mais pourquoi celui de Marie-Madeleine ?». Selon les écrits du chamoine M. Thibault, c'est peut-être «parce qu'elle-même un jour a déversé un vase de parfum que les pieds de Jésus». Ils connurent, paraît-il une période plus prospère, quand ils furent utilisés pour le nettoiement de la ville, lors de la peste de 1592.

Les maçons et ymagiers, enfin, ont offert deux verrières à la cathédrale, une dédiée à St. Chéron et une autre à St. Sylvestre. Cette verrière est modeste quant à ses dimensions, elle montre que la corporation était moins riche que d'autres.
Le premier vitrail est consacré à l'histoire, la vie et les miracles de saint Chéron, martyre dont le corps reposait tout près de Chartres, de l'autre coté de la vallée de l'Eure, dans l'église du monastère qui porte son nom.
Nous allons emprunter les quelques lignes qui suivent à l'abbé Y. Delaporte, qui, à partir des anciens cartulaires chartrains, avait pu constituer un descriptif détaillé de tous les vitraux de la cathé-

drale, et, pour ce qui nous intéresse maintenant, à la vie de ce saint. «L'histoire de saint Chéron a été offerte par les maçons tailleurs de pierres et sculpteurs, représentés au travail dans deux médaillons fort curieux. Dans celui de gauche, un artisan, peut-être le maître d'oeuvre, ou plutôt un maître maçon, monté sur une tour couronnée d'un crénelage, vérifie à l'aide d'un fil à plomb, la verticalité de la construction. Il est vétu d'un manteau à capuchon.»

Nous pouvons nous demander s'il ne s'agit pas, en effet, du maître d'oeuvre ? Comme sur la pierre tombale de Saint Ouen de Rouen, l'architecte porte un «manteau à capuche», spécifique des religieux, était-il un «convers» ou un moine?

Mais, poursuivons la description de l'abbé Delaporte :
«Près de lui un ouvrier martèle une pierre en se servant d'une laie. Plus loin, deux tailleurs sont au travail. Divers outils du métier, marteau, ciseau, équerre, compas, sont à la portée des ouvriers et comme suspendus au-dessus d'eux, ainsi que des patrons donnant la section de nervure des voûtes, et peut-être, aussi un plan partiel d'édifice».

Puis, : «Le médaillon de droite représente des ymagiers sculptant deux statues de rois, assez semblables à celles qui, à la cathédrale, couronnent le porche sud, ou décorent la galerie du fronton occidental. L'une de ces statues est achevée ou à peu près ; le travail de l'autre est moins avancé. Près de chacune se tiennent deux ouvriers dont l'un travaille, tandis que l'autre semble se reposer. Dans le groupe de gauche, l'ouvrier qui ne travaille pas a posé son marteau sur la statue qu'achève son camarade ; il se tient la tête dans la main, une équerre est suspendue près de lui, on voit aussi, sur une sorte de console, une coupe et un broc.»

En ce qui concerne ce broc : il « contient une boisson : l'un des ouvriers du groupe voisin est en train de se désaltérer en buvant dans une coupe tandis que l'autre dégrossit la statue en frappant sur son burin à grands coups de marteau».

Ce dernier détail est intéressant : cette coupe ressemble, d'après V. Didron, «à un calice du XIIIe siècle»- ce qui situe la date du vitrail ; la cathédrale fut dédicacée en 1260 par St. Louis - ces deux vases sont blancs ; figurent-ils de la terre cuite émaillée ou du verre ? Le pot et le calice sont rangés dans une console, preuve que les artistes sont dans leur attelier, leur «loge», et non en plein air. La première arcade, celle de droite, est percée d'une «lucarne» ou petite fenêtre sur laquelle est tendu un rideau rouge, permettant aux ouvriers de se garantir du soleil ou à mesurer et diriger la lumière sur l'oeuvre?

«Rien n'est à négliger dans ces scènes qui nous représentent, d'après nature, les habiles artisans du commencement du XIIIe siècle. Nous les voyons avec leur habit court serré autour des reins par une ceinture, avec leurs gants de travail, la tête couverte de la cale et ceinte du tresson. Ces tableaux rappellent deux choses souvent mentionnées dans les anciens comptes» ajoute-t-il enfin «le vin et les gants donnés aux ouvriers en plus du salaire en espèce».

Il faut ajouter enfin, à cette description détaillée, que cette scène rappelle les métiers des «Quatres Couronnés», comme dans les médaillons du Dôme de Florence (voir dessin dans le chapitre réservé aux Quatres Couronnés.

Le vitrail de saint Sylvestre représente les maçons au travail également. «Sur la représentation du vitrail nous voyons quelques-uns des ouvriers, le tailleur de pierres, le sculpteur qui dégrossie la statue, le poseur qui assied ses pierres sculptées. L'échafaudage, la petite échelle que gravit l'aide, la tête du tailleur de pierres, le bonnet pointu et pelucheux du statuaire, le chapeau rond du poseur. Le menton et les lèvres imberbes du tailleur de pierres, les moustaches de l'aide, la barbe naissante du poseur...».(V. Didron).

Tels sont quelques-uns des métiers donnateurs de verrières à la cathédrale de Chartres, dont un tableau récapitulatif issu de l'ouvrage du père Y. Delaporte[3], figure à la fin de cet article.

Une étude systématique dans toutes les cathédrales de France nous donnerait certainement des renseignements précieux sur les métiers au Moyen Âge, sur l'importance économique et sociale de ceux-ci ; et sur la contribution qu'ils ont apportés.

Notes

1. E. Male : *Art et Artistes du Moyen Âge.* A. Colin. Éd. 1950.
2. G. Aclocque *Les corporations, l'industrie et le commerce à Chartes du XIe siècle à la Révolution*, Burt Franklin, New-York, 1925. p. 55 et suivantes.
3. Y. Delaporte : *Les vitraux de la cathédrale de chartres* histoire et description, Éd. Houvet Chartres 1926.
4. Revue *Notre Dame de Chartres*, N°47 de juin 1981 par le chanoine M. Thibault. Article intitulé : *Les métiers du Moyen Âge représentés sur les vitraux de la Cathédrale.*
5. Charles de Beaurepaire. Déjà cité.

Fig 28

Vitrail des Boulangers et des Apothicaires à la Cathédrale de Chartres. Extrait de la revue Notre Dame de Chartres, article intitulé «Les métiers du Moyen Âge représentés sur les vitraux de la Cathédrale», par le chanoine M. Thibault. Juin 1981, n° 47.

Fig 29

Vitrail des cordonniers et des fourreurs.

Fig 30

Statuaires gothiques, vitrail du XIIIe siècle à Notre Dame de Chartres. Annales Archéologiques, (Bibiothèque municipale de Chartres).

Fig 31

Tailleurs de pierres et Architectes gothiques, vitrail du XIIIe siècle à Notre Dame de Chartres. Annales Archélogiques. (Bibliothèque Municipale de Chartres).

LES CORPS DE MÉTIERS DONATEURS DES VITRAUX DE CHARTRES

Dans cette nomenclature sommaire, la référence est donnée à la numérotation *DELAPORTE-HOUVET* dans : *Les Vitraux de la cathédrale de Chartres*, 1926.

Vitraux de l'étage inférieur

4 — Saint Jean l'Evangéliste	*armuriers*
5 — Sainte Madeleine	*porteurs d'eau*
6 — Le bon Samaritain	*cordonniers*
7 — Mort et Assomption de la Vierge	*cordonniers*
13 — Saint Antoine et Saint Paul ermite	*poissonniers*
16 — Histoire de la Vierge	*vignerons (?)*
17 — Signes du zodiaque	*vignerons (?)*
24 — Saint Martin	*un cordonnier ou corroyeur*
25 — Saint Thomas Becket	*tanneur*
30 — Saint Silvestre	*maçons et tailleurs de pierre*
34 — Histoire des apôtres	*boulangers*
37 — Saint Jacques le Majeur	*marchands de fourrures et drapiers*
38 — Charlemagne	*marchands de fourrures*
39 — Saint Théodore et Saint Vincent	*tisserands*
41 — Saint Etienne	*cordonniers*
42 — Saint Chéron	*maçons, tailleurs de pierre et maitres-imagiers*
45 — Saint Julien l'Hospitalier	*charpentiers, menuisiers, charrons et tonneliers*
59 — Vitrail de la Rédemption	*maréchaux-ferrants*
60 — Saint Nicolas	*épiciers, merciers, apothicaires*
61 — Histoire de Joseph	*changeurs*
62 — Saint Eustache	*fourreurs et drapiers*
63 — Saint Lubin	*taverniers*
64 — Histoire de Noé	*charrons, charpentiers et tonneliers*

Vitraux de l'étage supérieur

68 — Saint Jacques le Majeur	*boulangers-pâtissiers*
69 — Saint Pierre	*boulangers*
74 — Saint Jacques le Majeur	*fabricants de chausses*
77 — Saint Calétric	*tourneurs*
117 — Saint Jean-Baptiste	*changeurs*
118 — Sous Daniel et Jérémie	*drapiers et fourreurs*
119 — Sous Moïse et Isaïe	*boulangers*
120 — Sous l'Annonciation	*boulangers*
121 — Sous Aaron	*fabricants de chausses*
122 — Sous Ezéchiel et David	*bouchers*
123 — Scènes de la vie de saint Pierre	*changeurs*
160 — Rose	*laboureurs*
162 — Saint Gilles	*portefaix*
164 — Un apôtre	*changeurs*
167 — Saint Nicolas	*mégissiers*
168 — Quatre apôtres	*pelletiers*
170 — Saint Etienne	*tisserands*
172 — Rose (saint Lubin)	*deux taverniers ou potiers d'étain*

Les boulangers sont donc représentés cinq fois, les changeurs, les drapiers et fourreurs quatre fois ; les cordonniers trois fois, les charrons, charpentiers et tonneliers, les fabricants de chausses deux fois. Le cas des vignerons des vitraux 16 et 17 est plus complexe. D'après le chanoine Delaporte *(Les Vitraux de la cathédrale de Chartres*, p. 230), leur présence « pourrait être destinée à perpétuer le souvenir de la donation, faite à un établissement religieux, d'une propriété plantée de vignes ».

J. L.

Fig 32

Corps de métiers donateurs de vitraux de Chartres (art. du chanoine M. Thibault... voir plus haut).

CHAPITRE IX

Les sceaux des Architectes de Strasbourg

Les sceaux des Architectes de Strasbourg

En l'honneur du métier et en conformité aux anciens statuts de la confrérie, chaque membre peut y placer son écusson avec sa marque, en conformité avec ce livre (des réglements).

Les maîtres d'oeuvres de Strasbourg avaient un «sceau» qui figure «l'équerre sur la croix», ou «écusson» qu'ils avaient coutûme d'apposer en bas d'un document officiel, tel que rapport d'expertise par exemple. Cette marque allait de pair avec la signature ; c'était leur blason, emblême, marque distinctive, elle les engageait une fois apposée.

D'une manière plus générale nous pouvons nous intérroger sur ce que pouvaient être les premiers blasons des métiers ? A qu'elle époque ont-ils été créés ? En ce qui concerne la seconde question, elle concerne l'histoire privée de chaque corporation, de la date qui l'a vue naître. Concernant la première, il semblerait que les premiers blasons adoptés par les corporations ou confréries de métier, aient été les blasons religieux représentant le patron de la confrérie. Ceux représentant les outils seraient venus après.

Ces sceaux pouvaient avoir plusieurs formes différentes : deux exemples :

1. Maître Guillaume, maçon, cité dans deux chartes de l'abbaye de Jumièges de 1253 et 1255. Dans la seconde de ces chartes, il figure comme témoin d'un nommé Tibert, lequel devait être aussi un maçon, à en juger par son sceau qui représente «un compas barré d'une règle»[1].

2. En 1440, la tour centrale de l'église Saint Ouen de Rouen était finie, mais elle pesait d'un poids fort dangereux sur les quatres piliers de la croisée, les religieux de Saint Ouen avaient dépéché des maçons pour expertiser l'édifice et tirer leurs conclusions, sur une pièce qui nous est restée. Au bas de celle-ci figurent les sceaux des trois maîtres maçons, plus la signature du maître d'oeuvre ; Colin de Berneval, son sceau figure un *pentagone étoilé*. Voir gravure le représentant sur une pierre tombale, à côté d'Alexandre de Berneval, probablement son père.

Le texte dit en substance :

et le maistre de l'oeuvre ouant ledit rapports diepriat et requist aux maistres et ouvriers que icelui rapport fut mit en escript sus ung feuillet de parchemin signé de leurs signez ou sceaulx. (signes ou sceaux)[2]

Dans l'article sur la «loge au maçons», il a été parlé du : Réglement de 1560 des tailleurs de pierres de Strasbourg, relatif aux Écussons. Ceux-ci était conférés par le métier et nul ne pouvait les changer ou modifier. Seule la corporation en avait le droit.

Il est repoduit à la fin de cet article l'extrait de l'ordonnance de 1560 et 1563.

1. Les «Statuts Shaw», promulgués en 1598, obligent le maçon d'Écosse à avoir sa marque personnelle.
C'est ainsi que le jour de sa réception à la maîrise, le maître ou compagnon du métier devra enregistrer sa «marque» dans le «livre» (de la guilde ou confrérie) en plus de son nom, et cette cérémonie se déroulera en présence de six maîtres du métier et deux apprentis «entrés».
2. En Allemagne, dans les statuts de Torgau de 1462, l'on retrouve une disposition identique.

Dans ce qui suit, il ne s'agit pas des marques où signe lapidaires, appelés encore «marques de tacherons», qui servent, entre autres, à repérer le travail effectué par un tailleur de pierres, lors du paiement de sa tâche, à la journée.

Ils sagit des signes ou sceaux des maîtres tailleurs de pierres et, plus spécialement, ceux qu'employaient les maîtres d'oeuvres (werckmeister) de la cathédrale ou de l'oeuvre Notre Dame (en abrégé O.N.D. de Strasbourg, et dont on commence à voir la trace dès le XIIIe siècle.

Les plus anciennes représentent les armes du métier : trois marteaux disposés ou plutôt superposés les uns aux autres avec plus tard, l'ajout des armes patronymiques du maître d'oeuvre, luimême. Ces armes remplirent une période qui va jusqu'au milieu du XVe siècle.

A partir de cette période un profond changement va s'opérer dans la corporation elle-même. Peut-être est-ce le souci, de ressouder la cohésion de la «confrérie des tailleurs de pierres de tout l'empire germanique, sous la direction de Jobs Dotzinger, qui le poussèrent à promulger de nouveaux statuts». Peut-être est-ce «besoin généreux qui porta les tailleurs de pierres, pour qui l'art chrétien que leur avait transmis leurs frères, était un culte, à unir leurs efforts afin d'opposer une digme à la décadence de cet art sublime»?[3].

Toujours est-il que la nouvelle confrèrie adopta un nouveau signe «la croix sur l'équerre», la religion posée au dessus de l'art. Ce nouveau signe a une part plus symbolique que les précédents (voir dessins) qui se contentaient de repoduire les outils des maçons. Ils le trouvèrent, en effet, dans la marque de la cathédrale de Strasbourg, car celle-ci avait sa prope marque ou écusson, et c'était l'équerre sous la croix ; «signe symbolique de l'union de l'art et de la religion»[4].

Ainsi, après la grande assemblée qui réunit à la Saint Michel 1563, toute la confrérie des tailleurs de pierres de l'empire, afin de rédiger les nouveaux statuts ; la croix et l'équerre apparaissent tout d'un coup sur les écussons des maîtres affichés à cette guilde.

Quelques variations peuvent se produire, au lieu de l'équerre et la croix, nous pouvons trouver la règle, le bâton ou la «verge géométrale», comme celle de la tombe d'Hugues Libergier (voir dessin), posée en traver de la partie longue de la croix.

Enfin, toutes les combinaisons de ces symboles sont possibles ; c'est la croix qui se termine par une équerre etc.
Il paraît intéressant de signaler un autre fait. Comme, on peut le constater dans les exemples donnés à la fin de cet article, l'équerre ne présente pas toujours une angle droit rigoureux. Ce fut surtout au XVIe siècle qu'on la trouve formant des angles plus ou moins aïgus en obtus. C'est que ces marques, qui, à l'origine, rappelaient des symboles et reproduisaient des instruments dont la forme était déterminée, finirent par se gâter de plus en plus et être traités comme de simples ornements[5]. D'où les formes fantaisistes que nous voyons apparaître, au XVIIe siècle surtout.

Pour terminer cet article, nous pourrons signaler également que, souvent des maîtres tailleurs de pierres employaient : «l'équerre et le compas entrelacés», comme emblème sur les écussons. Un exemple en est donné à la fin de ce présent article. Ce sont ceux d'un maître de la confrérie, datant de 1597, qui sera plus tard maître d'oeuvre de la ville de Strasbourg.

Telles sont, résumées, les marques des tailleurs de pierres de la «Grande Loge de Strasbourg».

Voici, enfin, les réglements de 1560, relatifs aux marques des tailleurs de pierres :

Ordre (ou règlement) au sujet des écussons des maîtres :

Attendu qu'en l'honneur du métier, on a fait un long tableau commun, en conformité des anciens statuts et aux frais de la confrérie, il a été arrêté et ordonné : chaque membre de la confrérie, à qui cela plait, peut y placer son écuson avec sa marque, à ses frais, conformément à ce livre (de règlement), ainsi qu'il est aussi d'usage dans plusieurs autres poëles (curies ou maisons) de confréries. Cependant, s'il y avait quelqu'un au métier à qui il ne plaisait pas maitenant d'y apposer son écusson, et qui par la suite, changerait d'avis et ferait faire un écusson, nul ne sera tenu de lui céder la place ; mais il lui sera loisible de mettre son écusson au bout ; et ainsi de suite pour tous ceux qui viendront après. Mais si quelqu'un s'en va par décès, on doit sortir son écu sson et le placer dans un autre tableau fait pour cela, en avançant les autres, afin que les descendants puissent voir quels ont été leurs ancêtres et quand ils ont vécu [6].

Les marques, se conféraient par la corporation même. Elles devaient, comme nous le montrent le statuts Shaw en Écosse, se conférer au moment de la cérémonie de réception du maître dans la confrérie. Les maîtres ne pouvaient, de leur propre autorité, ni en choisir, ni changer ou modifier la marque une fois adoptée, ni la remplacer par un autre. Il fallait sans aucun doute l'intervention du métier.

Cela semblait être l'usage au XVIe siècle et un texte l'énonce d'une manière précise :
Nul ne doit changer, pour soi-même, et de son prope pouvoir, sa marque d'honneur à lui octroyée par le métier ; mais si jamais il songe à la changer il doit le faire du consentement, du sçu et de la volonté de tout le métier. (statuts renouvelés de 1563).

Sceaux des tailleurs de pierres de la cathédrale de Strasbourg, 1524.

A partir du milieu du XVe siècle et depuis l'institution de la «confrérie des tailleurs de pierre», la loge de Strasbourg, devenue grande loge ou loge métropolitaine de toutes les loges et confréries de l'empire germanique, avait dans son sigible la Vierge, patronne de la ville et de la cathédrale, avec l'enfant Jésus ; la mère et l'enfant entourés d'une gloire. Au bas, un écu ou bouclier de gueules à la face d'argent, comme l'évêché de Strasbourg, avec deux marteaux dans la face, le champ supérieur de l'écu marqué d'un niveau, le champ inférieur d'un compas. Voir gravure.

Ce sceau est donc celui de la loge de Strasbourg. Chaque loge avait ainsi ses armes à elle.

La confrérie générale de tous les tailleurs de pierre dans toute l'étendue de l'empire avait également son écusson, que lui avait octroyé l'empereur Maximilien premier. On y voyait un globe sur lequel étaient posés, dans le haut, dans le bas et des deux côtés, quatre compas ouverts et formant des angles droits. Le casque couronné était sommé d'un buste d'aigle, les ailes déployées, la tête entourée d'un nimbe avec l'inscription : J. Johannes Evangelista (V. Didron, dans Annales. Archéo. Vol. VIII p. 50).

Notes et commentaires

1. Ch de Beaurepaire : «Notes sur les architectes de Rouen»,T.1, 1901, p. 82.
2. Didron : «Annales archéologiques»,T.XI, p. 366,
3. V. Didron, T.VIII, p. 147 et suiv.
4. V. Didron,T.VIII, p. 187.
5. V. Didron,T.VIII, p. 189.
6. V. Didron,T.VIII, p. 192 et suiv.

Fig 33

Rs Sceaux des Maîtres d'Oeuvres de la Cathédrale de Strasbourg, dans Annales Archéologiques (Bibliothèque municipale de Chartres).

Annexe 1. LES STATUTS DE RATISBONNE DE 1459

La loge de Strasbourg occupe une place prépondérante dans les pays de langue germanique. Si pendant tout le XIVe siècle, les tailleurs de pierres et les maçons étaient réunis dans une même confrérie, dès 1402 l'architecte (werckmeister) et les tailleurs de pierres (steinmetzen), attachés à la loge de la cathédrale ou de l'Oeuvre-Notre-Dame (O.N.D.), furent séparés des maçons (mauher) et déclarés indépendants.

Cette séparation fut l'origne de la «confrérie des tailleurs de pierres», telle qu'elle fut instituée un demi-siècle plus tard, par maïtre Jobs Dotzinger, architecte de la cathédrale.

C'est ainsi que le 25 Avril 1459 les maîtres des loges allemandes s'assemblent à Ratisbonne et y dressent le premier statut ; le «magister opéris» de Strasbourg Jobs Dotzinger et tous ses succésseurs sont établis dans le poste d'architecte de l'O.N.D., pour Grands Maîtres uniques et perpétuels des tailleurs de pierres d'Allemagne.

Dans les quelques lignes qui suivent nous allons donner un résumé de ces statuts par grands thèmes.[1].

Ceux-ci commencent par ces mots :

Au nom de Dieu le Père, du Fils, du Saint-Esprit et de Sainte Marie, mère de Dieu, de ses bienheureux saints serviteurs les quatre saints couronnés de mémoire éternelle, nous considérons que pour conserver amitié, union et obéissance fondement de tout bien, de toute utilité et bienfait de tous, princes, comtes, seigneurs, localités et couvents, actuellement et dans le futur, église bâtiments de pierre, ou constructions, nous devons former une fraternelle communauté, ceci pour le bien et l'utilité de tous les maîtres et compagnons du corps de métier des travailleurs de pierre et des maçons en terre allemande, surtout pour éviter toute discussion, échec, souci, dépenses et dommages provenant de désordres et de transgressions à la bonne règle. Nous nous engageons pour opérer tous les règlements pacifiquement et à l'amiable.

Le préambule de ces statuts continue en spécifiant le caractère chrétien de leur association, et indique que les : «maîtres et compagnons du dit métier», originaires de Spire, Strasbourg et Ratisbonne, en leur nom et celui de tous les maîtres et compagnons du métier, ont «rénové et clarifié les vieilles traditions», et se sont constitués « dans un esprit fraternel» en un groupement et se sont engagés à observer fidèlement les règlements ci-dessous énoncés, pour eux-même et pour leurs successeurs.

Ce texte est donc l'aboutissement d'une longue tradition «orale», que le temps et les circonstances ont voulu qu'elle soit désormais «clarifiée», comme l'indique le préambule, et couchée par écrit.

Suivent ensuite une série de 53 articles qui contiennent les divers engagements qui reprennent des usages séculaires observés par les maîtres et compagnons du métier tels :

- Engagement de terminer à la journée ce qui a été commencé de cette façon.
- Engagement de terminer le travail d'un maître défunt sans modifier l'ouvrage.
- Engagement de respecter le plan ; en particulier ne pas enseigner à quiconque ne fait pas partie de la corporation les «secrêts du métier».
- Engagement de ne pas renvoyer un confrère de façon déloyale pour acquérir son ouvrage.
- Engagement de ne pas accepter un ouvrage si l'on n'est pas susceptible de le réussir *selon le plan.*
- Engagement de ne pas accepter l'argent d'un compagnon pour lui enseigner le métier.

- Engagement de limiter le nombre de ses compagnons (deux aides).
- Engagement de ne pas vivre en concubinage.
- Engagement obligatoire de faire lire les statuts au moins une fois par an.
- Le maître qui garde les statuts doit veiller aux livres qui les contiennent et ne pas laisser quiconque en faire copie sans autorisation.
Ensuite figurent des règlements concernant les apprentis et compagnons.
Nous apprenons l'existance de compagnons itinérants, d'un maître particuliers **le parleur**, appelé aussi gâcheur ou surveillant, ayant une responsabilité sur les ouvriers et servant d'intermédiaire entre eux et le maître du chantier. Un maître ne peut engager un apprenti si celui-ci n'est pas marié. De plus, si un apprenti «se conduit mal au point de vue sentimental et en dehors du mariage, il doit perdre le bénéfice de ses années d'apprentissage».

Pierre du Colombier signale que les statuts de Ratisbonne furent affermis par l'empereur Maximilien, qui, comme l'affirme M.C. Ghyka aurait appartenu à la fraternité. La légende, qui rapporte l'affiliation de cet empereur à la fraternité (Bauhütte), est vérifiée par un livre le «Themerdank» (Nuremberg, 1517), qui retrace la vie de Maximilien sous le nom allégorique de : Weiss Künig ou Roi Blanc. Celui-ci nous apprend que le jeune roi apprit l'art de bâtir avec les pierres.

Pour savoir s'il connait les bases du métiers, le maître lui demande :
«Quels sont les trois principes fondamentaux de l'Oeuvre» ?
Et le Roi Blanc de répondre :
«Plaisir, nécéssité et force.»
Le maître d'oeuvre comprit alors qu'il avait acquis les bases de l'art de bâtir des édifices en pierres.

Annexe 2. LES ORDONNANCES DE STRASBOURG RENOVÉES A LA SAINT MICHEL 1563.

Une seconde et troisième assemblée générale des loges se tiennent à Spire le 9 Avril 1464 et le 23 Avril 1469. Les constitutions de la confraternité y furent confirmées. Cette confraternité composée de maîtres, compagnons, et apprentis formaient une juridiction particulière, indépendante du corps des autres maçons. La grande loge de Strasbourg (Haupthütte) étendant sa juridiction sur touts les loges d'Allemagne.

Ainsi, les statuts des maçons-libres d'Allemagne, bornés d'abord à treize, puis portés à celui de soixante dix huit règlements, furent renouvelés et rédigés au meilleur ordre.

Les statuts «renovés» :

La page de titre du statut des tailleurs de pierres de 1563 est ornée de l'aigle impérial, (cf document figurant en annexe). Plus longs que les statuts de 1459, ceux de 1563 ne sont pas sans rapport avec les précédents qu'ils complètent bien souvent.

Quelques articles particulièrement significatifs :

- l'article XIII dit en substance : «aucun maître, surveillant ou compagnon n'enseignera à quiconque, qui n'est pas de la corporation, à faire des extraits de l'épure de base».

C'est la fameux «secrêt» du métier indiquant la méthode pour passer du plan à l'élévation». En effet, toutes les projections se faisaient sur un même plan, les renseignements indiqués sur le plan permettaient de «voir» le projection en hauteur, ou élévation. Cette technique sera «dévoilée», vers la fin du XVIe siècle par un architecte qui était en même temps imprimeur : Mathias Rorickzer dans son ouvrage intitulé : *petit traité sur la rectitude des pinacles*.

On peut s'interroger sur les raisons qui ont poussées cet architecte à faire cette «divulgation», alors que de nationalité allemande, les traités interdisaient formellement de le faire ?

Plusieurs réponses ont été données :

Tout d'abord, à l'époque de M. Rorickzer on ne construisait plus beaucoup d'églises nouvelles ; de plus la lecture de l'ouvrage supposait que l'on sache lire, ce qui n'était pas toujours le cas même chez les architectes et maîtres tailleurs de pierres !

Voyons quelques articles ayant des développements nouveaux : l'article LIV : relatif aux apprentis qui ont «fini leur temps» d'apprentissage et qui sont déclaré «libres». Le contenu de cet article fait référence aux «signes de reconnaissance qui font l'objet d'une prestation de serment de ne jamais dévoiler à quiconque ne fait pas partie de la confrérie. Ces signes se composent d'un salut (der gruss) de signe de mot (workzeicher), d'une poignée de main (handschrink). Il interdit également d'écrire quoique ce soit relatif à ces signes de reconnaissances.

Les apprentis, les compagnons et les maîtres étaient reçus avec des cérémonies particulières, auxquelles ils faissaient présider le secret.
L'apprenti élevé au dégré de compagnon prêtait serment de ne jamais divulguer de bouche, ou par écrit, les mots secrets du salut.

Il était défendu aux maîtres, ainsi qu'aux compagnons d'instruire les étrangers des statuts constitutifs de la maçonnerie.

L'obligation de suivre une vie chrétienne est encore plus marquée que dans les statuts de 1459.

En effet : «tous ceux qui ne s'acquittaient pas de devoirs de la religion, qui menaient une vie libertine ou peu chrétienne ou qui étaient reconnus infidèles à leur épouse, ne pouvaient être admis dans la société, ou en étaient exclus, avec défense à chaque frère, maître ou compagnons, d'avoir quelques rapports avec eux».[1]

Le livre des statuts occupe une grande place, il est le «gardien» du métier ; de plus, là où est le «livre», là doit être le tronc pour les pauvres et pour les malades. Le devoir de chaque maître de loge est de conserver scrupuleusement le livre de la société, afin que personne ne puisse en transcrire quelques règlements.

Le maître avait le droit de juger et de punir tous les maîtres, compagnons de la loge et apprentis établis dans la loge.

1. Les quelques lignes sont extraits de l'abbé Grandidier, et de son *Discours historique et topographique sur l'église cathédrale de Strasbourg*, en 1782.

CHAPITRE X

Les marques et signes lapidaires

Les marques et signes lapidaires

Le jour de la réception dudit compagnon du métier au maître sera dument enregistré, et son nom et sa marque seront inscrits dans le livre.

Statuts Schaw, 1598.

Les marques et signes lapidaires que l'on peut trouver sur les pierres de nos églises sont nombreuses et variées.

Elles ont fait l'objet de classifications depuis, déjà, de nombreuses années. On y distingue essentiellement :

1. Ce que l'on appelle, improprement les «marques de tacherons», avec tout le côté péjoratif que ce mot peut comporter. En fait, elle sont la marque des ouvriers, des tailleurs de pierres qui apposaient leur «marque», sur la pierre qu'ils venaient de terminer

avant que celle-ci passe entre les mains d'ouvriers-poseurs, les «layers» comme le disent les anglais.

Dans le vitrail de Laon, représentant la vie du moine Théophile, nous voyons un ouvrier avec sa laie, achevant son travail sur une pierre où il a apposé sa marque, qui est un «treffle, comme on peut le voir sur le dessin du vitrail (voir plus loin).

Pourquoi ? Tout simplement parce que les ouvriers tailleurs de pierres étaient rarement payés à la journée, mais plutôt à la tâche, à la pièce, et cette marque permettait aux clercs du chapitre de payer les ouvriers suivant le nombre de pierres qu'il avait ainsi taillées ! Cela permis aux chercheurs de déduire, à partir de toutes les marques successives, le nombre d'ouvriers ayant travaillé, à une époque donnée sur un chantier.
Ces marques de tailleur de pierres ont des formes variées, mais que l'on peut «classer» dans diverses catégories, comme mentionné plus loin.

2. Des marques, souvent plus simples, qui sont des marques de position, pour l'ajustement des pierres et qui n'ont aucun caractère symbolique.

3. Enfin, les «signatures» des compagnons passants, lors de leur «Tour de France» ; marquant leur «passage» lors d'étapes dans des lieux privilégiés du compagnonnage, telle la Saint Beaume ; le pont du Gard ; la basilique de Saint Gilles du Gard (où il y a la fameuse «vis de St. Gilles»). Ces marques représentent souvent les outils des compagnons tels qu'équerres, niveaux, truelles, avec le nom du compagnon et la date de son passage. On peut y avoir également des : «jeux de compas», ayant peut-être un but pédagogiques, ou simplement le fait de montrer son habilité. Elles représentent des constructions géométriques, des figures, avec tous les «secrets» de construction que seuls les compagnons peuvent avoir.

Les marques des tailleurs de pierres : Il y a lieu de ne pas les confondre avec les sceaux, ou signatures des Maîtres d'Oeuvre, tels ceux de la cathédrale de Strasbourg.

Celles-là étaient de véritables écussons, voir des armoiries que ces architectes apposaient en bas d'un édit, d'un rapport d'expertise, ou autre.

V. Didron en 1848 avait publié dans ses *Annales Archéologiques* un certain nombre de marques des cathédrales de Reims et Strasbourg (voir plus loin en Annexe).

Celles de Strasbourg furent inventoriées et publiées par J. Knauth, en 1932 : Les sources d'inspiration sont à l'infini.
Cependant, il y a des lettres, des figures géométriques simples, telle la croix, ou la croix associée à une équerre, une règle, un compas, plus, toutes les combinaisons possibles ; la lettre «T» ou le «Tau», voire le célèbre «Triple Tau» comme on peut le voir au chateau de Coucy, XIIIe.

Aussi : l'amour du ciel se traduisant par des rayonnements d'étoiles, un croissant de lune, des disques du soleil quelquefois surmontés ou divisés par la croix. On y distingue aussi l'amour de la nature, peut-être est-ce l'habitude de la «vie érrante» du tailleur de pierres ; c'est ainsi que nous pouvons voir, des feuilles, des glands de chênes, une barque à la voile, une ancre détachée, mais aussi les outils tels : marteaux, enclumes, pioches, herses, et des chaussures, semelles etc...

Deux observations :

- Il y des marques ayant un caractère symbolique alors que d'autres représentent des objets divers que l'on reconnaît facilement.

- Si l'on compare les marques des édifices tels Strasbourg et Reims par rapport à celles du chateau de Coucy, du Palais de Justice de Paris, ou du château de Vincenne, force est de constater que celles des édifices religieux représentent plus volontiers des croix qui foisonnent dans tous les exemples donnés.

Signalons, enfin, des marques particulières et qui ont «toutes une partie coummune» ; elles représentent ce que l'on appelle le «4 de chiffre», ce signe s'inspire du signe de croix : en se signant on décrit un quatre.

Ce «chiffre de quatre» se retrouve dans des secteurs d'activités fort divers : les tailleurs de pierres, les ymagiers, les couvreurs, les maçons, mais aussi les relieurs, les carliers, les verriers etc.

Dans les «Anciens Devoirs» des maçons de métier anglais, nous trouvons dans des textes rituels, par demandes et réponses :

-Où le maître maçon apposait-il sa marque ?
-Au coin Sud-Est.

Nous avons présenté en annexe des exemples de différentes époques et dans des villes aussi variées que Troyes, Reims ou Strasbourg, des marques représentant ce «chiffre de quatre», et ayant appartenu à des maitres vérriers et des tailleurs de pierres, au XVe et XVIe siècles (il est toujours utilisé chez les Compagnons aujourd'hui).

Celles des maçons ont été trouvées dans l'église de Saint Pantaléon (région de Troyes), et figurent sur une pierre de l'angle «sud-est» du chevet, à la face orientale, à l'extérieur ainsi que sur le flanc sud.

Dans une interprétation symbolique et hermétique il se rapporterait aux quatre éléments, liés aux quatre bras de la croix !

Dans une autre intreprétation possible liée au compagnonnage et à la tradition de la maçonnerie opérative, il peut faire référence aux «Quatre Couronnées», les saint patrons des corporations de tailleurs de pierres ?

Dans l'exemple des marques de la cathédrale de Strasbourg, on trouvre (voir plus loin la gravure) le «chiffre de quatre», à la 2ème rangée, aux positions 12 et 18 à partir de la gauche.

En conclusion, les marques des tailleurs de pierres, reflètent, dans les divers exemples cités, les préoccupations spirituelles et mystiques de celui qui l'a choisie et dont elle est l'émanation. Leur degrès de complexité est peut-être lié à l'état d'avancement spirituel de son propriétaire, la marque était comme un dépôt sacré lié à chaque compagnon ; la guilde, quant à elle, en était le dépositaire.

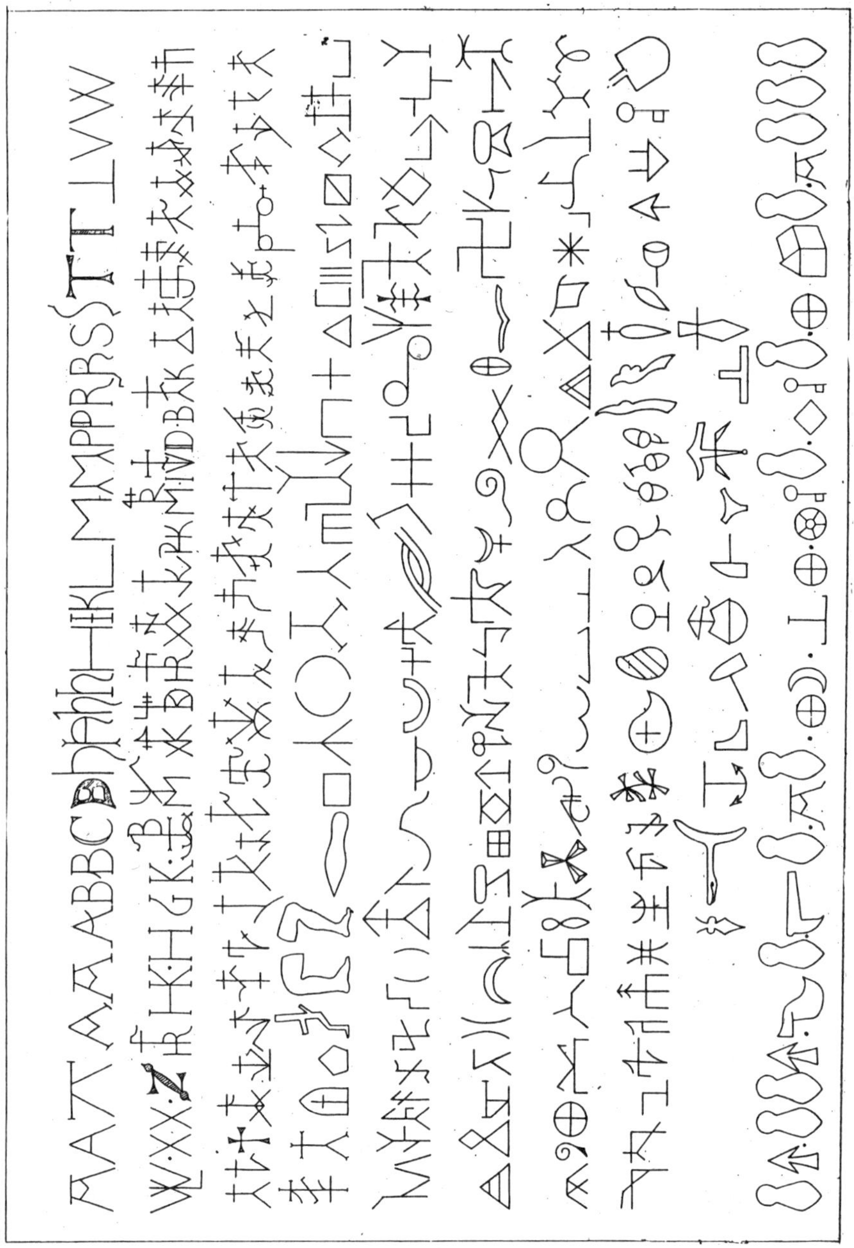

Fig 34

Marques lapidaires. Annales Archéologiques. (Bibliothèque Municipale de Chartres).

Fig 35

Marques lapidaires. Annales Archéologiques. (Bibliothèque Municipale de Chartres).

CHAPITRE X

Les labyrinthes d'église et leur mystères

Les maîtres d'oeuvre représentés sur les labyrinthes.

Un sceau que l'architecte plaçait pour consacrer son oeuvre.

Gailhabaud

Les labyrinthes des églises, sont-ils comme on le mentionne parfois, la signature collective des Maçons du Moyen Âge qui ont édifiés les monuments où nous les trouvons ?

On est tenté de le croire lorsque l'on regarde ceux de Reims ou d'Amiens dans lesquels les Maîtres d'Oeuvre se sont représentés avec les instruments de leur Art (compas, équerres, règles etc...). On peut en effet se demander pourquoi le labyrinthe est-il associé aux architectes médiévaux. Qu'ont-ils voulu représenter en se mettant à l'intérieur des labyrinthes ? Et à fortiori au centre de ceux -ci ? Y aurait-il enfin la possibilité d'un lien existant entre ces dédales tracés sur le sol des églises et les «rites» des bâtisseurs des grandes cathédrales gothiques ?

Le fait est là, et il est d'ailleurs propre à la France, les architectes du Moyen Âge ne «négligèrent point de faire entrer les labyrinthes dans la composition des carrelages des églises et souvent de se faire figurer à l'intérieur...» (P. Santarcangelli).

Viollet-le-Duc, dans son «Dictionnaire de l'Architecture française», pense que les labyrinthes pourraient être un symbole maçonnique adopté par les architectes qu'il qualifie de «Maîtres de l'Ecole Laïque». Selon lui, «on ne voit apparaître ces labyrintes sur le pavage des églises françaises qu'à la fin du XIIe siècle, c'est-à-dire à l'époque où les constructions religieuses tombent entre les mains des architectes appartenant à cette école puissante qui subsitua le système ogival au style roman qu'employèrent durant les âges précédents des constructeurs exclusivement formés et dirigés par le clergé, par les moines surtout, ou appartenant eux-mêmes aux ordres religieux, pour l'usage desquels furent élévés la plupart des grands édifices de le période romane...»

La théorie de Viollet-le-Duc «paraît à plus d'un archéologue très contestable», souligne E. Soyez, dans son étude sur le labyrinthe d'Amiens. Cependant, précise-t-il, l'auteur du «Dictionnaire raisonné d'architecture», regarde l'absence de signes religieux sur ces pavages comme une preuve du symbolisme de cette école. En revanche on trouve sur «la plupart des labyrinthes des églises françaises les noms et les portraits des «Maîtres de l'Oeuvre» qui, dit-il, «sont placés au point central, auquel on ne parvient qu'après de longs détours, images des difficultés et des épreuves que les architectes avaient eu à traverser avant d'achever leur ouvrage...»

E. Soyez souligne dans son étude que «cette explication est ingénieuse, mais que l'on pourrait la qualifier de «rationaliste» et qu'elle n'est guère admise par les archéologues chrétiens et qu'en tout cas le but des labyrinthes n'est pas connu de manière bien précise.

La référence à l'architecte Dédale, que l'on trouve en particulier à Amiens, dans l'inscription figurant dans la bande de cuivre entourant le médaillon central ; également dans un texte en latin mentionnant le labyrinthe de la cathédrale d'Auxerre est assez surprenante. Viollet-le-Duc signale en effet que : «Dédale, constructeur du labyrinthe de Crète, y fut quelque temps retenu prisonnier avec son fils Icare, par ordre du roi Minos ; la fuite hardie des deux captifs inspira la poétique légende insérée par Ovide dans ses Métamorphoses ; devrait-on chercher une allusion à ce fait dans les portraits d'architectes placés au centre des différents labyrinthes du Moyen Âge ?».

Gailhabaud rapporte enfin «...qu'en lisant les noms des lieux où se trouvent des labyrinthes, on requiert la preuve qu'ils étaient presqu'exclusivement établis dans les cathédrales et dans les grandes églises monastiques, c'est-à-dire dans les constructions qui exigèrent, de la part des architectes, les plus grands efforts de talent, de génie et d'imagination. Les monuments religieux d'un ordre secondaire semblent en avoir été dépourvus. Ils seraient une espèce de sceau que l'architecte plaçait pour consacrer son oeuvre»

Telles sont les différentes considération notées sur cet aspect des choses concernant les labyrinthes du Moyen Âge associés aux Maîtres d'Oeuvre. Elles émanent toutes d'archéologues du siècle dernier. P. Santarcangelli, y voit quant à lui «un emblème de la corporation de Maçons et de leur chef, ceci dans l'intention éventuelle de glorifier leur Oeuvre propre, élevée en l'honneur de Dieu». Un passage de la cérémonie de consécration d'une église traduit bien cette pensée : «Il est Infini, nous sommes limités ; il construit le monde, nous lui construisons une maison». Doublet de Boisthibault au siècle dernier s'interrogeait déjà comme nous l'avons signalé sur la présence du labyrinthe et se demandait si «ces labyrinthes, enfin n'étaient pas destinés, en frappant l'attention des visiteurs, à marquer la place ou reposaient les Maîtres des Ouvrages, c'est-à-dire des ouvriers qui avaient travaillé à l'église comme à Amiens ou Reims. Sous le labyrinthe de la cathédrale de Reims exécuté vers 1280, on avait inhumé des artistes qui travaillèrent à la construction de l'église». En fait, c'est le seul cas où l'on a trouvé les restes des Maîtres d'Oeuvre.

La cathédrale de Reims à la fin du XIIIe siècle s'ornait en effet, d'un labyrinthe d'un diamètre de douze mètres environ, au dessin très élégant et absolument différent du modèle rencontré dans les autres cathédrales françaises. De structure octogonale, il comportait onze tours (comme tous les dédales de cette époque). Aux quatre coins, il s'ornait de quatre octogones plus petits, contenant les figures des architectes tenant chacun dans la main un des outils de leur profession et étaient inscrites dans la pierre de ces octogones les parties édifiées par chacun d'eux ; tandis que la figure centrale octogonale elle-aussi, mais plus grande, contenait la figure de l'évêque donateur. Le parcours était blanc sur le dallage de marbre bleu ou noir.

Ce fut Louis Demaison, rapporte Robert Branner, qui, le premier, en 1894 montra que les maîtres d'oeuvres indiqués sur le labyrinthe étaient les véritables architectes du XIIIe siècle qui bâtirent la cathédrale. Il publia toutes les copies connues, en particulier la plus ancienne et la plus détaillée, celle de Jacques Cellier (1550-1620). Jacques Cellier nous en a laissé un dessin assez fidèle qui se trouve dans un recueil manuscrit de la Bibliothèque Nationale à Paris. Mais il ne nous a pas donné en même temps le texte des légendes jointes aux figures. Nous les connaissons seulement, signale Louis Demaison, par deux copies anciennes. La première est celle de Pierre Cocquault, chanoine de Reims (1645), l'autre prise au moment de la destruction du labyrinthe en 1779.

La chronologie est la suivante d'après le texte de P. Cocquault :

1. Dans le coin supérieur droit : «l'image d'un Jehan d'Orbais Maistre des dits ouvrages qui en commença la coiffe de l'église»,

c'est-à-dire le chevet de la cathédrale.

2. Dans le coin supérieur gauche : «l'image d'un maistre Jehan le Loup qui fut maistre des ouvrages d'icelle église l'espace de seize ans et en commença les porteaux d'icelle».
«Il s'agit sans doute ici, en particulier, du portail septentrional, dont l'ornementation accuse le milieu du XIIIe siècle».

3. Dans le coin supérieur gauche : «l'image d'un Gaucher de Reims qui fut maistre des ouvrages l'espace de huit ans qui ouvra aux voussures et portaux».

Il s'agit probablement des voussures du grand portail.

4. Dans le coin inférieur droit : «l'image d'un maistre Bernard de Soissons qui fit cinq voûtes et ouvra à ses ouvrages l'espace de trente-cinq ans».
Il fit cinq voûtes, c'est-à-dire cinq travées de la nef. C'est lui qui exécuta l'admirable rose du grand portail.

5. Quant au compartiment central du labyrinthe, plus large que les autres, il offrait l'effigie d'un personnage qui devait être probablement l'archevêque : Aubri de Humbert qui posa en 1221 la première pièrre de l'église (Demaison).

Sur le dessin de Jean Cellier : Jean d'Orbais tient dans la main un compas dont une pointe repose sur une sorte d'épure ; Jean le Loup tient une grande équerre ; Gaucher de Reims semble tenir un compas à pointe sèche ; enfin Bernard de Soissons tient dans la main un compas avec lequel il trace un cercle . (Probablement la grande rose du portail Ouest).

Finalement depuis la certitude que le labyrinthe fut dessiné vers 1280-90 (celui d'Amiens date de 1288 et lui ressemble beaucoup), Demaison fut capable de fixer approximativement les dates auxquelles les Maîtres d'Ouvrage travaillèrent au chantier de la cathédrale :

- Jean d'Orbais : 1211-1231.
- Jean Le Loup : 1231-1247.
- Gaucher de Reims : 1247-1255.
- Bernard de Soissons : 1255-1290.

«Le premier de tous semble donc être Jean d'Orbais à qui revient le mérite d'avoir commencé la cathédrale et d'en avoir tracé les plans» (Robert Branner).

Le premier architecte de l'édifice est donc celui qui est représenté sur l'angle «sud-est», comme le signale Robert Branner.

Pour terminer cette brève étude du labyrinthe de la cathédrale de Reims il faut signaler qu'en suivant les méandres de celui-ci, on passait successivement «trois fois» autour de chacun des médaillons contenant les Maîtres des Ouvrages, avant de se diriger vers le suivant ; on passait en outre «trois fois» à l'Orient et cinq fois au Septentrion et au Midi.

Pour le Maçons du Moyen Âge, se placer au centre du labyrinthe et même à l'intérieur des «méandres» de celui-ci, semble bien être l'image de l'Oeuvre ; et la représentation de la transcendance du métier de bâtisseur ; consacré à bâtir le Temple terrestre qui préfigure l'image de la Jérusalem Céleste.

Les labyrinthes dans lesquels les architectes médiévaux se sont représentés : Amiens. Construit, probablement en 1288, il fut détruit en 1828 et reconstruit en 1896. Ce labyrinthe octogonal formé de carreau de marbre noir de Basède et de carrreaux blanc-jaunâtres de Lunel a un diamètre de 14 mètres. Son centre est en regard du 3ème pilier de la nef à partir du transept. Le labyrinthe est appelé ici la «Maison Dédale en souvenir, probablement, de l'architecte crétois Dédale. Co mot viendrait «daidallein», qui veux dire : bien construire (signalé par Santarcangelli). Chez les Anciens, ce mot servait de synonyme à celui : d'habile ; dans Lucrèce : «daedala» est employé comme adjectif signifiant : artistement organisé. (signalé par E. Soyez). La légende attribue à Dédale l'invention de : la double hache (labrys), de l'équerre, et du niveau à bulle(48).

Il serait, en outre, dans l'Antiquité, le patron des charpentiers. Autour de l'oeil central octogonal figurait le texte suivant, écrit sur une plaque de cuivre, et que nous reproduisons en annexe.

E. Soyez, dans son étude sur le labyrinthe d'Amiens en 1896, rapporte à propos de ce texte que celui qui figure sur la pierre centrales, très usée, est pratiquement illisible. Celui a été régigé d'après un texte, tiré d'un manuscrit du XIVe siècle, intitulé :

«Registre aux distributions du Chapitre de la Cathédrale». Ce texte est actuellement conservé aux Archives Départementales de la Somme.

Cette inscription à une grande importance, elle fournit, en effet, la date certaine de la création du labyrinthe et le nom des Maîtres de l'oeuvre d'Amiens. De plus, elle montre la survivance de mythes païens qui ont été assimilés au Christianisme : Dédale, père du labyrinthe , représente ici le Maître des Architectes, probablement.

Ici, se termine notre voyage labyrinthique dans les édifices sacrés. Les labyrinthes ont disparu pour la plupart (celui de Chartres a bien failli disparaître lui-aussi en 1828).

Pourquoi tant d'acharnement contre ces témoignages d'une époque, les XIIe et XIIIe siècles qui ont donné les grandes cathédrales gothiques en France?

Peut-être parce que les «Chemins de Jérusalem» n'avaient plus leur place dans les églises ! Leur suppression a été nécessitée par suite de ce qu'ayant perdu de vue l'idée première qui avait donné lieu à leur établissement, ils étaient devenus, peut-être, un obstacle à la solennités des offices, les enfants ou les curieux les parcourant sans cesse avec grand bruit. Peut-être aussi, parce qu'ils étaient la signature collective, le «Livre d'Or» des «corporations de Compagnons bâtisseurs», dont les autorités ecclésiastiques, à une certaine époque, ont voulu effacer la trace !

Le Moyen Âge avait donné à la vie et au travail un sens sacré qui ne survécut pas aux Temps Nouveaux. Le sens du Symbole avait disparu.

Fig 36

Labyrinthe de la Cathédrale de Reims, extrait de L. Paris «Le Jubé et le labyrinthe de la Cathédrale de Reims», 1885. (Bibliothèque municipale de Reims.)

12 m. 14

Fig 37

Labyrinthe de Chartres, Sens et Amiens, extrait de : Soyez «Les labyrinthees d'égèses ou le labyrinthe de la Cathédrale d'Amiens. (Bibliothèque Municipale d'Amiens).

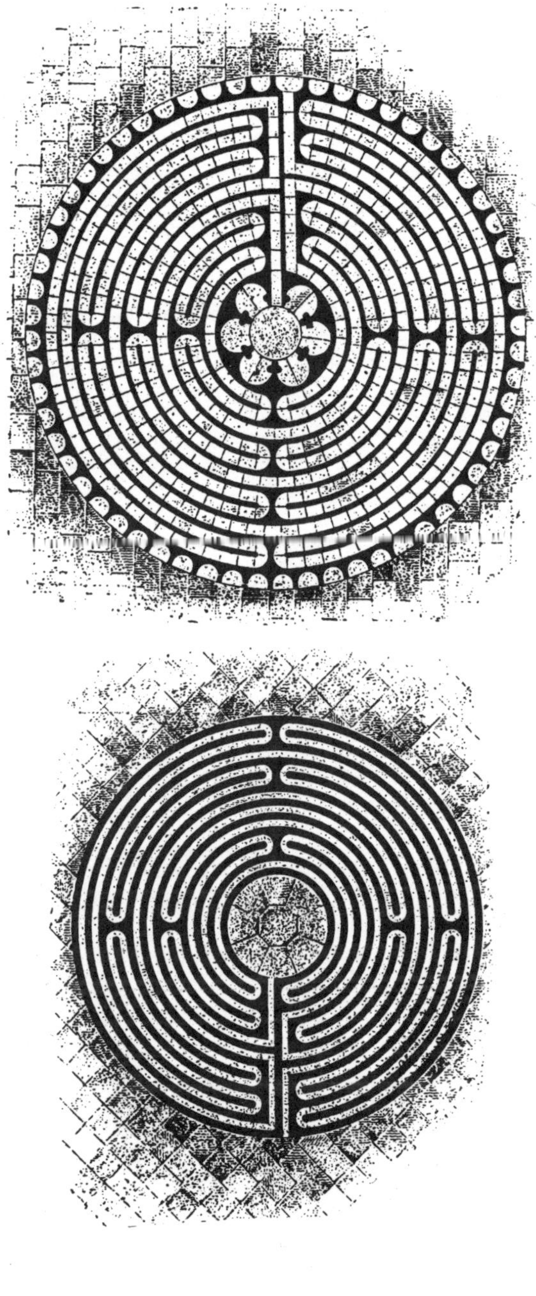

Fig 38

Labyrinthe de Chartres, Sens et Amiens, extrait de : Soyez «Les labyrinthees d'égèses ou le labyrinthe de la Cathédrale d'Amiens. (Bibliothèque Municipale d'Amiens).

CHAPITRE XII
Philibert Delorme et le Moyen Âge finissant

Soyez prudents comme les serpents et simples comme les colombes.

Philibert Delorme.

Né à Lyon en 1515, mort à Paris en 1570, il fut aumonier du Roi et chanoine de chapitre de Notre Dame de Paris. Il paraît qu'à l'âge de quatorze ans il étudiait à Rome l'architecture, et qu'il excellait dans le trait géométrique et la coupe des pierres.

il est interressant de noter qu'au sortir du Moyen Âge, il est le premier à parler du trait, d'en exposer ses méthodes, peut-être, d'ailleurs formalisées par lui-même. personne avant lui n'en avait fait un exposé didactique. cétait avant lui un enseignement oral, que les maîtres se transmettaient ou plus exactement enseignaient à leurs élèves.

Sur le plan architectural, il construsit en particulier un partie du château d'Anet pour Diane de poitiers et, à Saint Denis le tombeau de François premier ainsi que la chapelle des Valois.

Il publie en 1561 *Les nouvelles inventions pour bien bâtir à petits frais* traité de charpenterie avant tout et en 1567 les neufs livres d'architecture. En 1568, une nouvelle édition de ces neufs livres parut, augmentée d'un dixième et d'un onzième livre. Dans cet ouvrage, chacun des livres est précédé d'un avertissement et l'ensemble est préfacé d'un long discours, qui d'ailleurs n'apparaîtra plus dans les éditions ultérieures, et on y trouve diverses réflexions concernant la philosophie, la théologie, le mysticisme, la mytologie et bien sûr l'architecture.

Au cours de cet ouvrage, il a été cité plusieurs fois Philibert Delorme, en particulier la référence qu'il fait à Dieu en tant qu'Architecte. Lorsqu'on lit cette introduction,n on peut affirmer sans conteste que Ph. Delorme représente une somme absolument étonnante de connaissancemathématique et architecturale, mais aussi philosophique et un net penchant pour un mysticisme très fortement colorés de néoplatonisme.

Conclusion

Au terme de notre étude, comme se plaisait à les appeler l'abbé Bourassé, *Les logeurs du Bon Dieu* couvrirent l'Europe de ces chefs-d'oeuvres de l'art gothique que sont les cathédrales.

Chez ces homme de la pierrc, le travail et la religion était intimement liés. Au moment où nous écrivons ces lignes, des documents nous parviennent en provenance des archives de Bayeux (calvados) où une confréries s'était crée pour la reconstruction de la cathédrale vers 1150.

Ceci semble prouver que seuls, des hommes liés pouvaient entreprendre ce genre d'entreprise. Il faut saluer ces hommes qui, par tous les temps, en haut de leurs échafaudages, les mains dans le mortier et la chaux, exposés aux intempéries, posaient leurs pierres. Celles-ci étaient scellées par le ciment de leur foi et de leur serment !

LES LOGEURS DU BON DIEU
TABLE DES MATIERES

Achevé d'imprimer sur les presses de
l'IMPRIMERIE NICOLAS
22, bd Jules Guesde - 93200 Saint-Denis
Tél. (1) 42.43.37.37

pour le compte des
ÉDITIONS DE L'ANCRE
9-11, rue Benoît Malon - 92150 Suresnes
Tél. (1) 42.65.33.39

Dépôt légal : 2e semestre 1992